頭と身体が、とろとろになる。自分のものじゃないみたいに蕩け出す。
「いい。いい。きもちいぃ……っ」

（本文より抜粋）

DARIA BUNKO

花ひらり恋ふわり ～天使がくれた恋のお話～

弓月あや

ILLUSTRATION 明神 翼

ILLUSTRATION
明神 翼

CONTENTS

花ひらり恋ふわり ～天使がくれた恋のお話～ 9

愛が、とろりとなりまして 185

あとがき 206

この作品はフィクションです。
実在の人物・団体・事件などに一切関係ありません。

花ひらり恋ふわり　～天使がくれた恋のお話～

1

「お父さん、お誕生日おめでとう！」

「ありがとう、湊《みなと》」

神代《かみしろ》湊の父、智彦《ともひこ》が嬉しそうだ。今日は彼の、四十九回目の誕生日。

父は大好きなビールで、湊はジンジャーエールの入ったグラス。二人は、それをカチンと合わせる。今日は特別な日だから、学校が終わってから父との待ち合わせだった。

制服姿ではあるが、湊が通うのは都内でも有数の名門校。しかも親と同伴。こんな店にいても、誰にも咎《とが》められることもない。

湊の大きな瞳と、なめらかな頬。母親に似た、中性的な顔立ち。

真っすぐな黒髪は、きちんとカットされていて清潔感がある。ほっそりとした体躯《たいく》も相まって、清楚な美少女のようだ。

でも本人は自分の顔が好きじゃない。もっとゴツゴツした感じになりたかった。

そんな湊は父と二人暮らしの、都立高校三年生。口は悪いが優しい父に大事にされていた。

智彦は小さい造園業を生業《なりわい》としている。そこそこ仕事にも恵まれ、父と子二人の暮らしは楽ではないが楽しい日々だ。

父は仕事明けで髪はボサボサで服もよれよれ、不精髭《ぶしょうひげ》も生えている。彼は大人しい息子に、常に活を入れていた。

「湊、お前はちゃんと食え。どうしてこう、男子高校生の熱っくるしいパッションがないんだ。どこまでも、死んだ紗千《さち》に似やがって」

紗千。湊の母の名前だ。

まだまだ幼かった湊の許《もと》から、とつぜん病でこの世を去った彼女。

亡くなって十年以上が経つが、何年すぎようとも心の喪失感は消えない。いや、消えるどころか、智彦ともども心の奥底に突き刺さっていた。

だが今日は、多忙な父と久しぶりの外食。お互いの誕生日か智彦が競馬で勝った日以外はない、久々のお外ご飯だ。

昨日から、智彦は体調がよくなかった。頭痛がするし、首の後ろが重苦しいと言っていたので、湊が何十分もマッサージしてあげたくらいだ。

でも、今は元気いっぱい。その証拠に、ビールをおいしそうに呑み干している。こんな元気な病人なんて、聞いたことがない。

「すみません、ビールおかわり」

開始早々、もうジョッキを空けてしまった。智彦いわく、どんな不調も呑めば治るそう。呑《のん》兵衛《べえ》の呆《あき》れた理屈だ。

父の幼馴染が経営するこのリストランテは、いい感じに混んでいた。味も雰囲気も抜群、値段もリーズナブル。湊も子供の頃から、よく親に連れてこられる店だった。

徹夜明けの父親は二杯目のビールを呑みながら、何度も瞼《まぶた》を擦っている。

「あー、おれも四十九歳。五十歳も目前か。自分がまだ三十歳そこそこな気分だ。いや、もしかすると、二十代なかばと言ってもいいかもしれない」

その言葉に湊が微妙な表情を浮かべる。高校生からすれば五十歳目前なんて、夢か物語か、ファンタジーの世界の生き物だ。

「湊、自分は無関係って顔をしたな。同じ年齢になれば、お前にもわかるよ。人間っていうのは自分の中で、時が止まるんだ」

「うーん。ぼくには、まだ遠い話すぎて難しいかな」

「そうだな。お前が四十九歳になった時、おれが生きていれば笑い話になるけど」

「……縁起でもない話は止《や》めてよ」

湊の声が厳しくなった、その時。

「お父さん？」

明るく華やいだ場には相応《ふさわ》しくない顔つきで、智彦は固まっていた。比喩でなく動きが止まっている。

「お父さん、どうかしたの？」

愛想のいい父親が、自分に視線を向けてくれない。呆然とした様子で、宙を見ている。おかしいと思って立ち上がり、父の肩に手を触れる。

「お父さん！」

不安になって、思わず大きな声が出てしまった。周囲の音に負けない声だ。すると智彦はハッとしたように瞬く。

「……あれ？　おれ、どうしたんだ」

「急に返事しなくなっちゃって、ボーっとしてた。もしかして具合が悪いの？」

心配が滲《にじ》んだ声が出てしまう。智彦も悪いと思ったのか、「ごめん」と謝った。

「ははっ……。徹夜が続いていたから、寝ちゃったのかな」

「びっくりしちゃった。やっぱり疲れているんだよ」

「悪い悪い」

わざとのような明るい声。だが、それが却《かえ》って不安を煽る。

母が死んだ場面を思い出したからだ。

ちょっと前まで、微笑《ほほえ》んでいた。飲み物を買いに行く湊に向かって、手を振ってくれていた。

でも、戻ってきた時には苦しそうに顔を歪《ゆが》めて、倒れ込んでいた光景が甦《よみがえ》る。記憶の底へ沈めていた忌《いま》わしい思い出。

どうして今、思い出すのだろう。

「今日は、もう帰ろう。また改めて来ればいいし。なんなら、ぼくの具合が悪くなったって言えばいいよ。お父さんは少し寝なくちゃ」

そう言った時、いきなり店内の灯《あか》りが消えた。

停電かと思ってキョロキョロすると、厨房のほうから、「ハッピーバースデー」を歌う声がする。湊と智彦が驚いて、顔を見合わせる。

「ハッピーバースデー、ディア智彦ぉー、ハッピーバースデートゥユー！」

厨房から朗々と歌いながら、ロウソクを立てたケーキを持ってきたのは、この店のオーナーでありシェフでもある柏木《かしわぎ》だ。

父とは小学生の頃からの親友である彼は、楽しそうにバースデーソングを歌った。

「おめでとう、智彦！　おれはまだ四十八歳だが、お前は一足早く四十九歳だな！」

ほんの半年ぐらいの差なのに、ものすごく嬉しそうだ。そんな柏木は湊が生まれた時から、溺愛といっていいほど、かわいがってくれている。

デコレーションされた大きなケーキを手にする、おどけた柏木を目の前にしていながら、智彦はふたたび無表情になっている。

とつぜん湊の背後で、クラッカーが派手に鳴った。

「智彦、ロウソクを消さなくちゃ！」

明るい声で柏木が呼びかける。それに智彦は、片手を上げて頷《うなず》いた。

とても、もう帰るからと言える雰囲気ではなかった。

「大丈夫、大丈夫。乾杯したら帰るから」

「本当？」

「ああ。大丈夫だよ」

「おーい、おれと智彦のツーショット、誰か撮ってくれよ！　おっさん二人、五十路《いそじ》へのカウントダウンだ！」

賑やかな柏木の声に、スタッフが笑いながら近づいてくる。すると父はテーブルにセッティングされていたフォークを、指で弾いてしまった。

「おっと」

智彦がフォークを掴《つか》もうと立ち上がると、隣のテーブルの客が素早く拾ってくれる。そこで湊は、初めて隣席に座る二人に目をやった。

フォークを拾ってくれた青年と、三歳ぐらいの幼児。母親らしき人の姿はない。

青年は落ちたフォークを拾うと自分のテーブルの端に置き、智彦を見上げた。

「大丈夫ですか」

心配そうな声に、父も「すみません」と謝った。酒席《しゅせき》で飲みすぎたと思われても仕方がない状況だ。だが、それに対して青年が言ったのは。

「余計な口出しをしてすみませんが、今すぐ病院へ行ってください」

よほど智彦の具合が悪く見えたのか。湊が詫《わ》びようとすると、彼は畳《たた》みかけるように言葉を続ける。

「緊急事態です。救急車を呼びましょう」

「救急車？」

湊はその一言に怯《おび》えが隠せない。のっぴきならない状況に振り返り父を見ると、彼はこんな事態だというのに、目は虚ろだった。

「お、お父さんっ、どうしたの？　しっかりして」

さっきまで疲れた様子ではあったが、こんな感じではなかった。

「大丈夫。――――だいじょうぶ。騒ぎにしないでく、れ」

その時、様子がおかしいと気づいた柏木が近寄ってきた。

「どうした？　何かあったか？」

「お、おじさん、お父さんの様子が変なんだ、どうしたら」

うろたえる湊を遮《さえぎ》るように、青年は前に出た。

「救急車の手配をします。一刻を争いますから」

青年は毅然《きぜん》と言うと、自らの携帯電話で１１９に繋《つな》いで状況を説明し始めてしまった。そして柏木に電話を差し向ける。

「すみません。店の住所をお願いできますか。間違えるといけないので」

「あ、ああ！　はい！」

さすがに店内にいる客たちも、様子がおかしいと気づいたらしい。

客のひとりは肩にかけていたストールを智彦にかけてくれ、別の客は店の扉を大きく開けた。

救急隊員の出入りを考えてくれたのだろう。

「お父さん、お父さん」

頼りない声で父を呼ぶと、彼は湊の手に触れる。その指先は、いつもより冷たい。

「だい、じょうぶ。……だいじょうぶ。泣くな」

低く、掠《かす》れた声。大丈夫だなんて、絶対に思えない。

それなのに智彦は「大丈夫」と言った。お父さんの声で湊を慰めてくれたのだ。

自分が、こんな状態なのに。

智彦は目を閉じ、ぐったりとしている。やがて意識が薄れていった。

湊は堪《たま》らなくなり、父の手をギュッと握りしめる。手を離したら、智彦がどこかに行ってしまいそうで怖かった。

（お母さん、お母さん。お父さんを助けて）

湊が縋《すが》る思いで呼んだのは、神さまじゃない。亡くなった母だ。

なんの意味もないとわかっている。だけど今の自分には、それしかできなかった。

(お母さん、お母さん。お父さんを連れていかないで、お願い。お願いします。お願いします。お願い、お父さんを助けて！)

救急隊員を呼ぶこともできない。ストールを肩にかけてあげることもできない。ドアを開いて救急車を待つこともできない。

大きな声で泣き出しそうになった、その時。誰かが湊の肩に触れる。隣のテーブルにいた、先ほどの青年だ。

彼は、ぎゅっと湊の肩を寄せた。

「お父さんには、きみしかいません」

そう言われた瞬間、湊の頬を涙が伝った。青年は痛ましそうに眉を寄せる。

「今は正念場です。お父さんを守ってください。きみしか、この人を救えない」

力強く囁《ささや》かれて、がくがく頷いた。

「ぼくが、どうやって父を救うんですか」

「彼の手をしっかり握りしめ、お父さんと呼ぶんです。きみにしかできません」

力強い声に、雷に打たれたように震える。

(そうだ。泣いている場合じゃない。お父さんには、ぼくしかいない。ぼくがしっかりしなくちゃ。ぼくがお父さんを守らなくちゃ！)

「お、お父さんしっかりして。お父さん、――――お父さん死なないでっ！」

涙声で叫んだその時。救急車のサイレンが遠くで聞こえた。どんどん近づいてくる音が、救いの鐘の音に聞こえる。

いつも街中で通りすぎる時には、なんとも思わなかった車のサイレン音。この音が、これほど頼もしいと思えたことはない。

その時、湊が着ているシャツが、クイクイッと引っ張られた。驚いて下方向を見ると、小さな男の子が立っていた。

さっき隣のテーブルに青年と一緒にいた子だ。

先ほどは顔をよく見られなかったが、改めて見てみると、お人形みたいな子だった。

大きい目はビー玉のように透き通って、きらきらしている。それに薔薇《ばら》色の頬と唇。本当にかわいらしい。

「あ、うるさくして、ごめんね。もう、ぼくたちは店を出るから」

「これ、あげる」

「え？　あげるって……」

幼児が差しだしたのは掌《てのひら》にのる、小さなくまのぬいぐるみだ。

「みっくの、くまちゃん。おじちゃんを、たすけるの、よ」

そう言うと、みっくと名乗った子供は、青年の陰に隠れてしまった。

「すみません。この子は他人の感情の機微《きび》に、とても敏感なんです。ご迷惑でしょうが、受け取ってやってもらえませんか。それ、この子のお守りなんですよ」

そんな大切なものを、もらうわけにはいかない。そう言おうとした瞬間。

「失礼します。急病の方は、どちらですか」

落ち着いていて頼りがいのある声とともに、数人の救急隊員たちが店内に入ってくる。湊は縋る眼差《まなざ》しを彼らに向けた。

柏木が状況を説明してくれ、救急隊員らは智彦の状態を確認するとストレッチャーを用意して、救急車に移った。

湊は慌てて父のカバンと上着、それから自分の荷物を掴んであとを追いかけ、救急車に乗り込んだ。すると驚いたことに、柏木まで同乗してくる。

「おじさん。あの、お店は」

「大丈夫。おれよりできるスタッフがいるから。智彦も気になるけど、湊ちゃんが心配だよ。一緒にいさせてくれ」

「あ、ありがとう……っ」

父に視線を向けると、ストレッチャーから車内ベッドに移され横たわっている彼は、顔が真っ白になっている。

さっきまで、ほんのさっきまで元気だったのに。

笑いながら、くだらない話をしていた。誕生日で老けてしまったとか、お前もおれの歳になればわかるとか、ビールおかわりしていたのに。

そんなバカ話ばかり、していたのに。

ずっと頭が痛いって言っていたのに。首の後ろが重苦しいと言っていたのに。どうして気づいてあげなかったんだろう。

どうしてもっと早く、病院へ連れていかなかったのだろう。

湊が顔を上げると、窓から店内のお客さんたちやお店のボーイさんたちが、外に出ているのが見えた。

みんなが救急車を見守って、心配そうな顔をしている。

店で会った、ただのゆきずりのお客たち。それなのに、あんなに心配してくれている。それだけで、涙がこみ上げた。

その中に先ほど隣の席に座っていた、あの青年の姿があった。

彼は小さな子供を片手で抱き上げ、真っすぐに救急車を見つめていた。湊は張り詰めていたものが、緩みそうになる。

どうしていいかわからず思わず頭を下げたのと、救急車が発進したのは同時だ。

「湊ちゃん、どうした?」

車窓を見つめたままの湊を気遣《きづか》った柏木が、声をかけてくる。それに、慌ててかぶりを振り、

「なんでもない」と答えた。

救急車がサイレンを鳴らし動き始めても、青年は微動だにすることなく、車を見つめ続けている。

その姿は、湊の胸にいつまでも残った。

□□□

病院に救急搬送された智彦は、脳梗塞《のうこうそく》と診断され、緊急手術となった。

どうしていいか不安におびえていた湊のそばに、柏木はずっと一緒にいてくれた。最初、肉親以外はと病院側から断られそうになったが、それを押し切ったのは湊だ。

「この方は家族も同然の、し、親戚なんです。ぼくが頼んで、来てもらいました。お願いです、同席させてください……っ」

六時間以上にも及ぶ手術が終わり、医師の説明を受けた。ほとんどが、よく理解できないまま話が終わる。でも唯一理解できた言葉があった。それは。

「手術は一応ですが成功しました。経過はまだまだ観察が必要になります」

成功しました。

成功しました。

——成功しました。

その一言を聞いて、柏木は湊の手を力強く握ってくれる。涙が出た。

「ありがとうございます……」

思わず唇から零《こぼ》れ落ちたのは、純粋な感謝の言葉だった。

「すぐに救急車を呼んだのが、よかったです。脳梗塞は、一分一秒を争いますからね。適切な処置のお陰ですよ」

そう言って、医師は笑った。そのあと、解放された湊と柏木は廊下に出て、待ち合いに備え付けられているシートに座った。

もうクタクタで何もできない。窓を見ると薄紫色の空が見える。夜明けだ。結局、バタバタしているうちに、日付が変わっていたのだ。

同じように窓を見た柏木が、「夜が明けちまったなぁ」と呟《つぶや》く。

「湊ちゃん。今日はウチに泊まれ。カミさんには、さっき連絡したから」

「ウチって、おじさんの家？　もう明け方近いのに、迷惑だよ」

「いいから。ウチで風呂に入って寝てから帰れ。こんな日に、ひとりでいるもんじゃない」

そう言われて涙が出そうだった。確かにひとりでいるのが怖い。心細い。つらい。

とんでもない夜だった。今でもまだ、夢の中にいるみたいな気持ちだ。

(何もかも、本当に夢だったらいいのに)

そう思いながら脱ぎっぱなしだったジャケットを着ると、ポケットに何かが入っていること に気づく。なんだろうと手を突っ込むと、柔らかいものが指先に触れる。

病院に来る寸前に手渡された、小さなくまのぬいぐるみだった。

（けっきょく、もらっちゃったんだ）

どうしようと途方に暮れていると、先にロビーを出て電話をしていた柏木がもどってくる。

手にはスマホが握られたままだ。

「湊ちゃん。タクシーが病院の前まで来てくれるってさ。お、なんだそれ」

手にしていたぬいぐるみを見て、首を傾《かし》げている。

「おじさんのお店で、ぼくたちの席の隣に座っていた背が高い男の人と、ちっちゃい子がいたでしょう？　その子が、これをくれたの。お守りだからって」

そう言うと、とつぜん柏木は、泣き出してしまった。

「お、おじさん？」

ギョッとして顔を覗《のぞ》き込むと、彼は手の甲で目元を拭う。少年みたいな仕草だ。

「もう～。おじさんの涙腺《るいせん》を刺激するなよ。ちっちゃい子って、三歳ぐらいの男の子だろう？　なんで、そんなちびっ子が、あんな場面でお守りとか渡すんだよ。できすぎだよ。どこの天使だ。湊ちゃんは湊ちゃんで先生の前でおれを、家族同然って言うし」

「ああでも言わないと、おじさんを同席させてくれなさそうだったでしょ？」

「グッとくるじゃねぇか。バカヤロー」

「タイミングよすぎて怖いよね。でも、お父さんが無事だったのは、これのお陰もあるかも。うん。天使に感謝しなくちゃ」

答えているところに、タクシーが滑り込んできた。

「とにかく、家に行こう。まず風呂に入って、寝るぞ」

強引に決定して、湊は唯々諾々《いいだくだく》と車に乗り込んだ。

でも本音は、ひとりで自宅に帰るのが怖かった。湊と智彦の住まいは手狭だが、今日のような日はきっと、ガランとしていることだろう。

タクシーの後部座席に座ると、もう一度さっきの、ぬいぐるみを取り出す。ぬいぐるみと言っても直径五センチ程度の、キーホルダーにくっついているものだ。

座席の隣に座った柏木は目的地の住所を運転手に告げると、すぐに舟を漕ぎだした。疲れたのだろう。その寝顔を見て、申し訳ない気持ちでいっぱいになった。

規則正しい呼吸音を聞きながら、手の中のくまを撫でる。

みっくと名乗った、不思議な子。父親らしき、長身の青年。

……また、どこかで会えるだろうか。

（おじさんのお店の顧客なら、名簿があるかもしれない。今度、訊《き》いてみよう）

そう思いながら、欠伸《あくび》が出てしまう。予断を許さないにせよ、手術が無事に終わった気の緩み。走行する車の振動。ほどよく温められた車内。

そんな中、湊はいつの間にか眠りの中にいた。

あの人に、もう一度だけでもいいから会いたい。

緊張の中、力強く励ましてくれた人。父を呼び戻せるのは湊しかいないと言ってくれた人。

もしも彼が力づけてくれなかったら自分は恐怖に怯えて何も言えず、父はもしかしたら、この世から去ってしまったかもしれない。

（あの人に、お礼を言いたい……）

そう思った次の瞬間。気づけば湊は、静かな湖のほとりにいた。

見ればその湖の中に父がいた。彼は、どんどん歩を進め水の中に沈み込んでしまう。慌てて追いかけようとしたけれど、水が波打って邪魔をする。

どうして湖なのに波が起こるんだと叫びたかった。でも、それさえできず身体《からだ》は固まってしまって身動きが取れない。

（お父さん！　お父さん！　お父さん！）

頭がおかしくなりそうだった。最愛の人が、水に飲み込まれてしまう。イヤだ。イヤだ。お父さん、死なないで。どこにもいかないで。ぼくを置いていかないで。

膝をつき、大声で泣きわめきそうになった、その時。

『あなたの落としたお父さんは、この金のお父さんですか？』

優しい声に顔を上げると、馬が水面に立っている。そして、その馬に乗った青年が、優しく微笑んで自分を見ていた。リストランテで湊を励ましてくれた、あの青年だ。

彼は両腕で金色に輝く父親を抱きかかえていた。

「き、金じゃない。普通のお父さんが湖の中に入っていったんです……っ」

『それは大変だ。では、あなたが落としたお父さんは、この銀のお父さんですか』

見れば、いつの間にか彼の腕の中にいるのは金色のお父さんから銀色のお父さんに入れ替わっていた。ここら辺で、湊の忍耐力が切れる。

「違う！　お父さんは金でも銀でもないっ！　本当のお父さんを返して！」

悲鳴のような声が出る。本当に泣き出しそうだった。

お父さんを出して。お父さんを返して。

そう言いそうになった瞬間、ぱちぱちと拍手の音がした。

見ると、リストランテで会った、あの小さな子が王子さまの恰好《かっこう》で、拍手をしている。乗っているのは、あの子が湊にくれた、くまのぬいぐるみだ。

現実は掌にのるチャーム程度の大きさだったが、今は大男なみに大きくなっている。

「きみは……」

「よくぞ、しんじつを、みやぶった！」

ちっちゃい子は持っていた銅鑼《どら》をバイーンと鳴らした。

「そなたに、いわいを、さずけよう」

そう言うと、天から白い花が降ってきた。びっくりしていると、さらに花びらと、金の粉がふわふわと落ちてくる。

「あ、あの、すみません。花より父を返してください！」

「そんなものが、ほしいの？」

「欲しい！」

絶叫に近い声を出すと、ちっちゃい子は指先をくるくる回す。

「おもしろく、なーい」

気がつくと、目の前には父が横たわっていた。すうすう寝息を立て、その胸は規則正しく上下している。

「お父さんっ！」

揺り起こすと、父はムニャムニャと目を開く。そして。

「お父さんは帰ってくるのが遅かったんだぞ。もうちょっと寝かせてくれよー……」

このダメっぷり。だらしのなさ。確かに湊の父、智彦だ。

「これ、あげる。みっくは、もういいの」

「よかったね。大事にするんだよ」

聞き覚えのある言葉に顔を上げると、ちっちゃい子と、あの青年が笑っている。

それは、どういう意味なのか。問いかけようとした瞬間。

「お客さん、お客さん！　到着しましたよ。こちらでよろしいですかー？」

人の良さそうな声に、ハッと目を覚ます。

隣で寝ていた柏木が、「あぁ、すみません。ここです」と言ってから財布を出した。

「あ、あれ……？」

「あー、よく寝たなぁ。湊ちゃんも寝ちゃったか。疲れていたからなぁ。さて、まずは風呂だ、風呂。カミさんが待っているぞ」

「え、えっと、……はい」

夢にしては、異様にリアルだった。

でも、そんなことを口に出しても仕方がないので、柏木に従って彼の家に入る。その前にポケットに手を入れると、くまの手触りがした。

(すごく変な夢だったなぁ)

どうして父が金銀色になっていたのか、なぜ、ちっちゃい子が出てきたのか。それに。

あの青年が、どうして出てきたのだろう。

「湊ちゃん、お疲れさま。大変だったわね」

柏木の家にお邪魔をすると、柏木の妻である桂子《けいこ》が出迎えてくれる。

「桂子さん、お久しぶりです。急にお邪魔して、ごめんなさい」

「あら、私は湊ちゃんに会えて嬉しいわ。さぁさぁ、まずはお風呂に入って、ゆっくり身体を休めて、起きたらご飯にしましょうね」

話をしていると、ずっと引っかかっている事柄は、霧散してしまった。

□□□

結局、午前中は休ませてもらい、昼近くになってから家を出た。柏木は十時ごろには、もう店に出たという。驚くべきタフさだ。

まっすぐ自宅に帰ると、まず入院の準備をした。父の下着やパジャマ、それに細々《こまごま》した雑貨をカバンに詰めていく。

集中治療室《ICU》にいる間は入院着と言われている。必要ないとわかっていても、いつ目覚めるかわからないので、慌てないよう準備だけしておく。

それより大事なものがある。

「預金通帳って、どこにしまってあるんだろう……」

父は造園業の仕事をしていることもあってか、お金の管理はちゃんとしている。そのせいか、湊に預金の話をしたことは、一度としてない。

（高校生に話をしても、しょうがないって思われているんだろうなぁ）

母は亡く、父方の祖父母も他界。母方の祖父母は海外に移住している。考えてみれば、家族の縁が薄い家系かもしれない。

「通帳あった。残高だけでも、確認しないと」

そう呟いて手が止まる。もう一度、見返してみて目を疑った。

「残高……、二百二十円……?」

記帳忘れかとも思ったが、最後の引き下ろしが、よりにもよって昨日の夕方。要するに、残高ほぼ全部を持って柏木の店に行ったのだ。

慌てて父の荷物から財布を出して開いてみると、十万円以上は入っている。だけど裏を返せば、これしかないのだ。

湊の顔面から血の気が引いた。

「お……、お……、……お父さん……っ」

子の嘆き、親は知らず。

突っ伏して嘆く湊の呻きを、集中治療室で眠る智彦は、もちろん知る由もなかった。

2

毎日、湊は学校帰りに病院に立ち寄って、智彦を見舞った。

未《いま》だに意識は戻らないが、容体は安定しているそうだ。集中治療室で、いろいろな機械に繋がれ絶対安静。彼は規則正しい呼吸を繰り返している。

静かに上下する智彦の胸部を見ながら、溜息《ためいき》が洩《も》れる。

あの時は隣のテーブルに座った青年や、柏木の素早い対応、店にいたお客たち、救急隊員、その人たちのお陰で、父は助かった。

（お礼とかしたくても、どこの誰だかわからない人ばかりだしなぁ）

病院では入院着を使用しているから、とりあえず洗濯物の心配はいらない。だが、今後どれだけ入院費が要《い》るのだろう。それは湊にはわからない。不安だった。

造園業を営んでいる父は、何人もの弟子を使って仕事をしている。その弟子の給与の支払いの時に現金が足りなければ、貯金から仮払いをすることもあったようだ。

以前、智彦から聞いた話を思い出す。それと、来週には美術館の庭園で作業したお金が振り込まれると、言っていたことも。

お金がない理由も、もうじき入金がある予定もわかって、ちょっと息がつける。

でも、安心してはダメだ。入院費。この家の家賃。光熱費。湊の学費。

いつ金欠になるか、わからない。少しでも多く、お金を口座に入れておかなければ。

「……ふう」

今日は、これからアルバイトを探しに行かなくてはならない。その前に、柏木のところへ顔を出そう。

そう決めると洗濯物をタンスにしまってから、身支度を整える。

「考えていても、仕方がない。やれるだけやらなくちゃ」

自らを鼓舞《こぶ》するように呟いて、支度を済ませた。

□□□

「先日は、どうもありがとうございました。これ、つまらない物ですけど」

湊が柏木の店に来ると、開店準備中だった。要するに忙しい時間だ。ちょっとだけ挨拶しようと思ったが、気が利《き》かなかった。早口で挨拶すると柏木に笑顔を向けられる。

「駅前で買ってきたシュークリーム、みなさんでどうぞ」

「おー、ありがとうな。今日は、智彦どうだった？」

「意識は、まだ戻りません。でも、状態は悪くないってお医者さんに言われました」

「そうか。湊ちゃんも大変だな。こんなお菓子とか気を遣わなくていいんだぞ。赤ん坊の頃から出入りしている店じゃないか」

ガッシガッシと撫でられて、くしゃくしゃにされた。

「おじさん、やめてー」

髪の毛をくしゃくしゃにして笑っている柏木は、本当に大人げない。湊は髪を直しながら、言おうと思っていたことを思い出した。

「そうだ。この間、お父さんが倒れた時、ぼくたちが座っていたテーブルの、隣にいたお客さんって常連さん？」

湊の言葉に柏木は、「ああ、あのお客さん！」と思い出したようだ。

「前に言っていた、すげぇイケメンと、ぬいぐるみくれた、ちっちゃ子だろ？」

ちっちゃい子でなく、ちっちゃ子。それが妙にぴったりで、笑ってしまう。

「そうそう。ちっちゃ子、ちっちゃ子」

柏木の店では、年末には顧客を招いて、ちょっとしたパーティをすることがある。もしかすると、連絡先が残っているかもしれない。

「子供さんにアレルギーがあるから、食材を指定させてくれって連絡をもらったことがある。

確か、小麦アレルギーだったかな。日誌にお名前を控えているから、探してみようか？」

「――――う、ううん。またにする」

望みが叶えられそうなのに、気持ちが萎《な》える。なんだか、追及するのも変な気がする。

だって、お店で会っただけの人。気持ちが惹《ひ》かれるのが、どうしてかわからない。

「あのイケメンが、なんか言ったのか？」

「そうじゃなくて、お医者さんがすぐに救急車を呼んだのが、よかったって言っていたでしょう。あの人のお陰だから、お礼が言いたかったんだ」

「あのお客さん、本当に対応早かった。すぐ病院に行くよう勧めてくれたし。おれは慌てちゃって、オロオロしてただけだったしな。よし、もし店に来ることがあったら、連絡先を聞いておくよ。ボーイにも言っておくわ。ボーイも最近、有能な人が集まっていて大助かり」

「ボーイさん、たくさんいるよね」

「うん。経験者の、頭のいい奴が揃《そろ》ってくれたから、安心して厨房に専念できるよ。前は使えない子ばかりで、ハラハラしてた。もう未経験者は雇わん。心に決めた！」

「ふぅん。そうなんだ」

忙しい時間だった柏木を引き留めたお詫びを言って、店を出た。

いつもは楽しくなる、柏木との会話。でも今は、心が重くなっている。

「さて。もう一軒、行かなくちゃ。……気を引き締めて、頑張ろう」

□□□

アルバイト経験のない、ただの高校生。それが今の湊だ。ようするに役には立たないし、自分をアピールできるものがない。

『もう未経験者は雇わん。心に決めた！』

経営者としては当然の言葉。誰だって使えない奴より、有能な経験者を求めている。どこの職場も同じこと。

「当てが外れちゃったなぁ」

本音が小声で出てしまった。柏木のところでバイトをさせてほしかった。

でも彼の話を聞いたあとで、何もできないけれど仕事させてくださいとは言えない。

「がんばらなきゃ」

湊は歩を速めて、目的地へと急いだ。今度は品川《しながわ》駅の近く。都会の真ん中にあるのに、とても落ち着いているホテルだった。

ここは父が取引していて、湊もたまに連れてきてくれた。規模は小さいが、歴史ある重厚な建築は文化遺産レベルとも言われている。すばらしいホテルだ。

明治末期に作られ、戦火を奇跡的に潜《くぐ》り抜けたおかげで、重厚な門構えから美しいロビーまで、溜息が出るほどだ。

そんなホテルだったが、父と支配人は懇意《こんい》にしていた。支配人に頼めば湊のような未経験者でも、雇ってもらえるかもしれない。

湊は慣れ親しんだホテルのロビーへ入ると、フロントへ向かった。

「いらっしゃいませ」

受付のホテリエに迎えられて、お客じゃないのに気恥ずかしくなる。

「すみません。アポイントメントがないんですが、支配人の佐々木《ささき》さんにお会いできませんか。ぼくは神代智彦の息子で、神代湊といいます」

ホテリエは「少々お待ちください」と言うと、電話をかけて支配人に繋いでくれた。

「神代さま。申し訳ございません。支配人の佐々木は、ただ今、別の来客の対応をしております。一時間少々お待ちいただけるなら、と申しておりますが……」

「もちろん、待たせてください」

ホテリエが湊の言葉を伝えてくれて、電話を切った。

「それでは、ご案内いたします」

ホテリエのひとりが、会議室に案内してくれるというので、それについていく。

「こちらでお待ちくださいとのことです」

「はい。……あの、時間があるなら、ちょっとだけ裏庭の温室に寄ってもいいですか？　先日こちらに寄った時、蘭の苗が植えてあったのが気になって」

「それでは佐々木にも申し伝えておきます。温室まで、ご案内いたしましょうか？」

「場所はわかりますので、大丈夫です」

「はい。かしこまりました。ごゆっくりどうぞ」

彼女はそう言うと、お辞儀をして去っていった。ホテリエと別れると、湊は階段を降りて裏庭へ向かった。このホテルへ来ると、かならずお邪魔するスペースだ。めずらしい花が沢山植えられているので、湊のおきにいりだった。

温室の中は無人で、空調の音だけがしている。誰が管理しているのか蘭の花が見事に咲いている。しかも、日本にはない品種だ。

「すごいなぁ。こんな蘭、初めて見た」

父が造園業の仕事をしているせいか、子供の頃から植物が大好きだった。草木だけでなく、小さな虫から大きな虫までなんでも大丈夫な虫っ子でもある。

「きれいな花を見ていると、気持ちがウキウキするもんね」

独り言をつぶやいて、ハッと口を閉ざす。

(これじゃ、遊びにきたみたいだ)

ちょっと早いけれど、さっきの会議室に戻ろうと歩き出す。気を引き締めなくては。これから頼みごとをするのだから。

先ほど案内してもらった会議室に戻ると、しばらく経ってから支配人の佐々木がやってくる。

湊はスツールから立ち上がると、頭を下げた。先月も会ったばかりの顔だ。

「湊くん。待たせて申し訳なかったね。今日はひとりかい？」

子供の頃からの顔見知りなので、今でも『湊くん』らしい。

「はい。今日は父のことで、お話がしたくて」

「神代さん、どうかした？」

「実は……」

□□□

話を聞いた佐々木は、痛ましいという表情を浮かべている。

「脳梗塞……、それは湊くんも大変だったね」

「いえ。ぼくは周りの方に助けてもらってばかりでした。今は、お医者さんや看護師さんたちスタッフの方々に、頼りっぱなしです」

「今どきは不摂生《ふせっせい》していなくても、重大な病気になるからね。他人事じゃないよ」

湊は出してもらったお茶を、「いただきます」と言ってから手に取る。そして、温《ぬる》くなっていたそれを、ぐーっと飲み干して湯呑みをテーブルに置いた。

これから言うことが非常識と、もちろん承知している。お茶の一気飲みは、言うなれば景気づけだった。

「佐々木さん。厚かましいと承知の上で、お願いがあります。ぼくを、神代湊を、このホテルで雇っていただけませんか」

「雇う？」

「今度の入院で父の預金を見てみたら、残高が少ししかなかったんです。いえ、仕事は途切れなくやっていますから、一時的なものだと思います。でも、当座のお金も心許《こころもと》ないし、不安になってしまって。お願いします。清掃でもなんでもします。働かせてくださいっ」

早口でそう言うと、佐々木の顔をじっと見つめる。彼は驚いた様子もない。

「湊くんは、何ができる？」

「え？」

静かな声で問いかけられて、拍子抜けしてしまった。だが、佐々木は驚いている湊の顔を、ただ見つめている。

「働くには技能がないと、現場で仕事をするのは難しい」

真面目な声で言われ、肝が冷えた。自分がどれだけ甘いことを言ってしまったか、ようやく気付いたからだ。

単純にバイトをしたいとしか、考えていなかった。

「ホテル実務技能認定かホテルビジネス実務検定は取得している?」

「……していません」

「調理師免許もボイラー技士免許も、取得できる年齢じゃない。サービス接遇検定、レストランサービス技能検定も持っていないだろう。何より、まだ高校を卒業してないんじゃ、ホテルでの仕事はムリだ」

佐々木の話を聞いて、どんどん顔が赤くなる。

そうだ。自分はまだ高校生。ホテルの仕事を気楽に考えていたけど、現実はそんな簡単なものじゃない。

「ホテルの仕事は、単純そうだろう? けれど、実に厳しい技能を求められる。数日とはいえ、お客様の命をお預かりする商売だからね。働いてもらいたい気持ちは山々だけど、今、言った資格が必要になる。もしくはフルタイムで働けるかだ」

恥ずかしい。なんて自分は短絡的なんだろう。

「すみません。――――考えが足りませんでした」

謝罪するのが精いっぱいだった。

もう、消えてしまいたいぐらい恥ずかしい。

「高校生だもの。当然さ。神代さんが大変な時だし、おれも力になりたい。でも仕事絡みになると、そうもいかないんだ。昔は働きながら学ぶことは、美徳とされた。でも今の時代はそうじゃない。資格を取得してから、働くことが求められる」

「佐々木さんの言う通りです。すみませんでした」

「お父さんが入院されて、慌てたんだろう。キツイ言い方をして、悪かったね。もしお客さまからアルバイトを募集している話があったら、湊くんに回してみようか。高校生もＯＫの会社は多いよ」

「ありがとうございます。すごく助かります」

最後の一言は同情。それと、無下《むげ》に撥《は》ねつけた後ろめたさを払拭《ふっしょく》したいのだと、容易に想像がついた。それでも礼を言って、お願いをしておく。

自分は、父を守らなくてはならないのだ。恥ずかしさを感じている場合じゃない。

湊が立ち上がるのと同じタイミングで、ドアが忙《せわ》しなく叩かれる。

「支配人！　あ、ご来客中でしたか。失礼しました」

飛び込んできたボーイが、湊の姿を認めて頭を下げた。

「なんだい。無作法だね」

「申し訳ありません。火急のご相談があって、慌ててしまって」

湊は忙しそうな佐々木に頭を下げて、退室しようとした。だが。

「パーティ用の花が届かないんですっ」

その一言が耳に入り、思わず佐々木とボーイを見た。彼らは湊など眼中にないように、こちらに背を向けて話をしている。

「花？　会場と廊下を飾る花のことか？　業者と連絡はついてなかったのか」

「はい。ですが花卉《かき》業者が、ど、どうやら倒産した末、夜逃げしたらしくて」

「夜逃げ？　……滅多《めった》なことを言うんじゃない」

「でも、事務所の電話も携帯も、留守電しかかかりません。花卉業者同士のＳＮＳをチェックしてみましたら、もう拡散されていました。あの業者さん、最近ヤバかったよねと。ホームページも削除されています」

その言葉に、佐々木の顔面が蒼白になる。

「まさか夜逃げ、……いや、夜逃げ確定だ」

聞く気はなかったが、耳に入った湊も驚いた。

業者に連絡がつかない。すなわち、夜逃げとしか判断できない状況だ。

「ほぼ、確定だと思います。事務所に行って確認しようにも、たしか青梅《おうめ》の先ですし」

「青梅か。品川《ここ》からじゃ、行くだけで二時間ぐらいかかるだろう。……時間の無駄だな。パーティの受付開始まで、あと三時間じゃないか。なぜ、もっと早く報告しないんだ。他の花屋に連絡をしなさい」

「ですが、花屋に注文するにも時間が時間ですし、何より数が……」

ボーイのもっともな発言に、佐々木もとうとう苛立《いらだ》ちが爆発してしまった。

「倒産？　夜逃げ？　うちのパーティを、どうしてくれる気だ！　メチャクチャじゃないか！　逃げるなら、ちゃんと連絡して代わりの業者を用意してから逃げろ！」

「夜逃げですから、それどころじゃないでしょう」

「そんなもの、承知の上だ！　くそ、どうしたらいいんだ。花卉業者は朝が早いから、どこも店じまいしている。品川中の花屋に電話するにしても、そこらの花じゃダメなんだ。国際オーキッドシンポジウムなんだぞ。蘭の花でなけりゃ……っ」

切迫した状況だったが湊は部屋を去らずに、二人のやり取りを黙って聞いていた。そして、頭の中で情報を整理する。時間が差し迫っている。注文した花が届かない。

三時間後には、パーティの受付が開始される。

会場と廊下を飾る花がない。業者の倒産。メチャクチャ。なにもかもがメチャクチャになってしまう。それは即ち。

パーティが、失敗してしまう。

湊はドアノブにかけていた手を離して、佐々木に向き合った。

「ホテルの裏庭にある、温室の花を使いましょう！」

「湊くん？　とつぜん何を……」

戸惑った顔の佐々木は、眉を寄せる。

まだいたのかという気持ちと、何を言っているんだという気持ちが綯《な》い交《ま》ぜになった表情だ。

迷惑と顔に書いてある。

だが、そばにいたボーイは、「あっ」と声を上げる。

「そういえば温室の中には、めずらしい花が揃っていますね。庭師の大岐《おおき》さんが、ヒマになると少しずつ、花の種類を増やしているって言っていました」

「ぼく、このホテルを利用させてもらう時、いつも温室に行っていました。あそこには、ぜひ飾るべき花があるんです」

佐々木はそれを聞いて、困ったように首を傾げている。

「いや、そうは言っても、我々のような素人《しろうと》が見てめずらしい花だとしても、専門の方が見たら大したことないだろう。今夜は国際オーキッドシンポジウムの集まりだ」

先ほどから佐々木の口から洩れる、国際オーキッドシンポジウム。

明らかに洋ラン専門家の集《つど》いだ。たしかに、そんじょそこらの花は出せない。だが、だからこそ、何もしないではいられない。美しい花々で飾りつけるべき場なのだ。

「いえ。こちらの温室の花は、すごく、すっごく、めずらしいものばかりです。ビー・オーキッドや、ミルメコフィラ・ティビキニスが咲いていました」

聞き慣れない花の名前に、佐々木の眉間《みけん》の皺《しわ》が増える。

「……それは、めずらしい花なのか?」

「はい。国内では、なかなかお目にかかれません。それだけじゃなくて、デンドロビウム・トランキミアヌムといった、本当にすごい花がありました。ぜひ、展示しましょう！」

立て板に水の勢いで説明されて、佐々木もボーイも驚いている。ハッとして、湊は頭を下げた。出すぎた真似にも程がある。

「す、すみません……」

だが佐々木は呆れているのではなく、感心していたらしい。

「湊くんは、植物が専門なのか」

「いえ、父が造園業ですから、なんとなく見知っただけです。すみません、素人が浅い知識で、知ったふうなことを言って」

「そうか。いつも神代さんの仕事に、ついて来ていたもんな。うっかりしていた。湊くんは門前の小僧、習わぬ経《きょう》を読むってやつか。素人でも、我々よりも頼りになるのは確かだ」

佐々木はそう言って、湊の肩を叩く。

「とにかく、温室に行って花を見ましょう。時間がないんですよね？」

その一言に、佐々木もボーイもハッとなった。

「大変だ、急ごう！」

□□□

佐々木の声かけにより集結したスタッフたちで、温室はいっぱいだ。この温室を管理している庭師の大岐が休暇をとっているので、部外者の湊が指示を出す羽目になっていた。

「こちらの温室には、めずらしい花がたくさんあります。だから、ぜひ切り花ではなく、鉢植えで飾るべきと思いますが、どうでしょう」

こう言った理由は、たった一度のパーティのために庭師が丹精した花を切ってしまうのは、忍びなかったからだ。なにより、切り花で飾るには、量が足りない。

「しかし、鉢植えでお客様をお迎えするのは、野暮《やぼ》ったいだろう」

「きれいな布があれば、それで鉢植えを飾れるんですが……」

湊がそう言うと、話を聞いていたスタッフが名案を出してくれる。

「支配人、クリスマスやバレンタインフェアの時に飾りつけた小物やオーガンジーが、たくさん倉庫に残っています。それで鉢を包むのはどうですか」

「そりゃあいい。すまないが、誰か取りに行ってくれないか」

スタッフの提案に佐々木は頷き、何人かのスタッフが取りに走った。すぐに届けられた段ボール箱には、きらきらした布地が、たくさん詰められている。

「ぼくも手伝います。あの、こんな感じで包もうと思います」

湊は近くにあった鉢を手に取るとオーガンジーの布を二枚かさねて、くるくる巻いてリボンで結ぶ。急ごしらえとは思えない、かわいい鉢に変身した。

「こりゃあいい。よし、みんなで手分けして作ろう。出来上がった鉢は、どんどんパーティ会場に持っていく。受付時間も迫っている。急げ！」

「はい！」

スタッフ一同、手分けして作業に没頭する。湊もみんなが動いている傍《かたわ》ら、どんどん鉢を包んだ。出来上がった順にスタッフの手で、会場へと運ばれていった。

（お父さんが見たら、「文化祭の飾りつけか！」って怒るだろうな。でも、なんとか乗り切らなくちゃ。佐々木さんのためだけじゃなくて、このホテルのために）

自分とは、まったく関わりがないことなのに、何を一生懸命になっているのだろう。

そんな考えも、ちらっと浮かんだが、すぐに消える。

「すべての鉢を、運び終わりました！」

佐々木は腕時計を見て、受付開始時間二十分前だと確認する。

「よし。お客様を誘導して、エントランスにお集まりいただいてくれ。お待たせするお詫びに、ドリンクをお出しして。紅茶、コーヒー、ジュースのソフトドリンクだ」

そう指示すると、湊といっしょに会場へと向かう。

「すごい！　こんな素敵に飾りつけてくれたんですね！」

会場の前のエントランスホールには、オーガンジーで可愛らしくおめかしした、小さな鉢が置かれている。

会場に入ると色とりどりのオーキッドたちが、出迎えるようにテーブルに飾られていた。鉢が置かれているテーブルには、光沢のあるテーブルクロス。

とてもかわいく飾りつけられた室内を見て、ホッとしたその瞬間。

「すばらしい！」

感激した声が響く。

湊はその声に驚いて顔を上げ、驚きのあまり声が出そうだった。

（この人、あの時の……！）

目の前には、ずっと心の中に残っていた彼が立っている。

智彦が倒れる寸前に気遣って励ましてくれた、あの青年だった。

3

「オーナー、いらしていたんですか」

佐々木が明るい声で話しかける。二人は顔見知りだった。

「蘭好きとしてはオーキッドシンポジウムが毎年、気になりますよ。でも聞いていた雰囲気と違うディスプレイですね。胡蝶蘭《こちょうらん》を飾りつけると聞いていたが」

佐々木と話している青年は、傍《そば》にいた湊に気づいていないようだ。それも当然で、柏木の店は間接照明で、店内は薄暗かった。

第一あの時の湊はベソベソ泣いていて、顔なんて見られたものじゃなかったろう。

彼が覚えていなくて、当然だ。

そう納得して、二人が話をしている場から遠慮しようとした。だが。

「実は業者のトラブルがあって花の手配がうまくいかなかったんです。でも、彼がすばらしい提案をしてくれたお陰で、なんとか急場を凌《しの》げそうです」

いきなり名指しされ、腕を引っ張られる。彼は驚いた顔で湊を見つめていた。

「あ、あの……」

「オーナー、ご紹介します。こちらは神代湊くん。彼のお父さんは造園業をされていまして、付き合いが長いです。とても優秀な方で、オーキッドについても造詣《ぞうけい》が深い。今日はその息子さんに助けてもらいました。実に将来有望な子でして」

（造詣が深い？　将来有望？　さっき門前の小僧って言ってたのに……！）

とんでもなく過大評価をされている。困った。青年は優しい笑みを浮かべている。たぶん営業スマイルだ。

「湊くん。こちらは当ホテルのオーナー、海棠一磨《かいどうかずま》さんです」

ホテルのオーナー。そんな職種の人、初めて見た。

（ドキドキするのは、ホテルのオーナーだからじゃない）

心の奥底でそう思いながら、湊はペコリとお辞儀をする。そんな心中も知らぬ海棠は、にこやかに微笑んでいた。

「あなたが手伝ってくださったのですか。申し訳ありませんでした」

「い、いえ。手伝うなんてそんな」

「オーキッドシンポジウムは四十年以上の歴史があり、当ホテルにとっても大切なイベントなんです。無事に準備が整って、本当によかった。感謝します」

「少しでもお力になれたのなら、よかったです」

「神代さん、今日は当ホテルをご利用くださって、ありがとうございます。でもディスプレイの手伝いをされていたのでは、ご用事の邪魔になったでしょう」

「いえいえ、彼はアルバイトをしたいと相談に来てくれたんです」

会話に入ってきた佐々木は、明るく言った。

「アルバイト？」

怪訝《けげん》な顔をされて、顔が真っ赤になるのがわかる。

「さ、佐々木さん。あの、それはいいです」

「シャイですねぇ。人脈は広げられるうちに広げなくちゃ。いえね、彼のお父さんが緊急入院されて、当座のお金に困っているそうなんですよ」

（うわぁ……。お金がないって言っちゃった。いや、事実だから仕方ないんだけど）

佐々木には話せた懐《ふところ》事情だが、なぜだか海棠に知られたのが恥ずかしい。

見栄だろうか。でも、今までお金がないのが恥ずかしいなんて、思ったこともない。

それなのに、どうしてこんな気持ちになるのだろう。奇妙なぐらい頬が熱い。真っ赤になりながら、湊はお辞儀をして、その場から立ち去ろうとした。だが。

「待ってください」

凛《りん》とした声に呼び止められて、驚いて振り返る。すると、真っすぐな瞳で見つめられていた。

胸の鼓動が跳ね上がった。

「すみません。間違っていたらお詫びしますが」

ドキドキだ。こんな瞳で、こんなきれいな顔で見つめられたら、誰もが彼の言うことを聞いてしまう気がする。

「もしかして、きみはリストランテ柏《かしわ》にいた人じゃありませんか。あの時、隣のテーブルに座っていた者です。救急搬送された方の、息子さんですよね。……いや、大変な時だったから、私のことなんて忘れてしまっていても当然ですが」

「あ、あの」

先ほどまで、ホテルのスタッフと会場づくりをしていた湊は、とてもキビキビしていたし、凛々しかった。だけど今は、顔を真っ赤にして瞳を潤ませていた。その頬は薔薇色。まるで、恋する乙女だ。

「こちらこそ、失礼しました。あの時は、大変お世話になりました。ぼくのことを憶えていてくださったなんて、驚きです」

「もちろんです。心細そうでしたし、倒れそうだったでしょう。本当に心配でした。どこの病院に運ばれたか調べたかったぐらいです」

「そ、そんな」

どうして、こんなに顔が赤いのか。汗まで出てきた。

「オーナーと湊くんは、お知り合いだったのですか」

佐々木が驚いた顔で訊いてくる。それも当然だろう。

「知り合いじゃなくて、父が倒れた時、たまたま隣のテーブルにいらしたんです。それで救急車の手配をしてくれて、お陰で父は助かりました」

「それはオーバーです。実際はリストランテのオーナーが色々と手配してくれていましたし、他の客たちも手助けしていました」

「もちろん皆さんに、すごく助けてもらいました。でも」

でも、あの時。

強く深い声で励ましてくれたのは、彼だ。

あの場で湊は、しっかりしなくちゃと思いながら、本心では自分が倒れてしまいそうだった。そんな自分を励ましてくれた海棠の声が忘れられない。

「そろそろ会場の受付を開始します」

スタッフがそう言うと、関係者は会場内から出る。湊も会場から出て歩き出すと、ポンと肩を叩かれた。振り向くと海棠だ。

「急いでいるところ、すみません。名刺をお渡ししたくて」

「え？　ぼくにですか？」

「はい。湊さん、アルバイトを探していらっしゃるんですよね。もしかしたら、何かお力になれるかと思って」

なぜ、そのようなことを言ってくれるのだろう。だって彼とは、あの店で思いがけず知り合っただけなのに。

今は紹介された間柄だけど、付き合いを深めるような密度ではない。それぐらい湊のような世慣れない学生でもわかる。

「力って、そんな……」

戸惑った表情がわかったのか、海棠は明るく笑った。

「唐突でしたね。私が言った力とは、お仕事の件です」

「仕事？」

思わずキョトンとしてしまうと、海棠はおかしそうに笑った。

「今回、すてきなディスプレイでした。その話もしたかったし、アルバイトを探しているというなら私の家で、三歳になる息子のシッターをしてもらえませんか」

あまりにも思いがけない話だった。

どうして、自分にシッターなんて話がくるのだ。だが、彼は吸い込まれそうな笑顔で自分を見つめているばかりだった。

□□□

その時、人がホールへと入ってきた。見れば人の流れが会場へと向かっている。受付開始らしい。湊は自分が邪魔だとわかった。そしてそれは、海棠も同じだった。

「忙しくなってきたみたいですから、我々は別の場所に移動しませんか？」

海棠と湊は佐々木に挨拶をしてから場所を移した。

湊は並んで歩く彼を、ちらっと見上げる。

（背が高いなぁ。それにスタイルがいいから、スーツがすごく似合う。ぼくも、これぐらい身長があったらな）

湊の身長は、１６９センチ。１７０センチまで、あと一歩。あと一歩なのに、どうしても大台に乗れない。１８０センチの同級生を見ては、深い溜息が零れる。

「ちょっとラウンジで、お茶にしませんか」

「え？　でも、もう帰りますから」

と言った瞬間、湊のお腹が盛大に鳴った。

そういえば、今日はちゃんと食べる時間がなかった。そのあげく温室での作業。要するにクタクタに疲れていたし、お腹も極限まで減っていたのだ。

（うわぁぁっ。なんで急に鳴るかなぁっ。ああ、恥ずかしい……っ）

首まで真っ赤になった湊に、海棠は優しかった。

「頑張った証拠ですね。まずはお茶よりも、食事にしましょう。実は私も、お腹がペコペコなんです。何にしようかな」

案内されて入った店には、静かに歓談する人たちがいる。さすがホテルのラウンジ。誰もが品がいいと思った。

海棠と湊が席に座ると、ウェイトレスが水とメニューを出してくれる。

「ハンバーガーとか、どうですか。ここのは分厚くて、食べごたえありますよ」

そう言われてメニューに目を落とすと、衝撃的な表示が目に入った。

（……ハンバーガーって、この四千七百円の値段のやつ？）

高校生の湊からすると、あり得ない。市価の十倍だ。血の気が一気に引く。

他のものに目を移したが、グリーンサラダもチキンフリカッセもパスタもステーキも、意味がわからない値段ばかりが提示されていた。

（コ、コーヒー、コーヒーなら。……千五百円？　千五百円！　ナニコレ！）

きれいに撮られたメニュー画像を見つめていると、脂汗が出る。

メニューを見つめたまま微動だにしない湊をどう思ったのか、海棠は手を上げてウェイトレスを呼んでしまった。

「お待たせいたしました」

「湊さん。なにかアレルギーはありませんか」

「え？　あの、は、はい。いえ、ないです」

「では、注文をお願いしましょう。飲み物は何にしますか」

そう言われて、冷や汗が流れ落ちる。先ほどのコーヒーの値段が高すぎだったからだ。しかも値段に驚いて、ほかのものを見る余裕さえなかった。

「あ、あの、コ、コ、コーヒー……っ」

（あああっ。たいして飲みたくもない、せ、千五百円もするコーヒーを注文しちゃった！　ぼ、ぼくのバカー！）

高校生である。千五百円で千々《ちぢ》に乱れる思いを、誰が笑えようか。

「コーヒーは食後にしませんか。ここには、おいしいドリンクがあるんです」

海棠はさらりと言うと、ウェイトレスに注文を始めた。

まず先ほど湊が値段を見て硬直した、あの豪華なハンバーガー。

それだけではなくグラタンや牛肉を煮込んだブラウンシチュー。サーモンの盛り合わせやサラダなど、どんどん注文してしまった。

「とりあえず、これでお願いします」

彼はそう言って、メニューをウェイトレスに戻した。湊はポカンとするばかり。しかも、ひとりで食べきれる量ではない。

「ごめんなさい。おいしそうなものばかりで、目移りしてしまいました」

「はぁ……」

「よろしければ、半分ずつシェアしませんか？　それなら、たくさんの種類が食べられるでしょう？」

見かけによらない、食いしん坊な発言に笑いが零れた。

それに二人でシェアすれば、湊も支払い金額が半分だ。思わずコクコク頷いた。

「いま私が頼んだもの以外で、食べたいものがあったら言ってください。それから、最後にコーヒーというコースです」

すぐにウェイトレスが飲み物を運んできた。ちゃんと二つある。湊の分だ。いつの間に注文していたのだろう。

「まずは、お疲れ様でした」

湊の前に置かれたのは、背の高いグラス。炭酸の中にベリーやイチゴ、色とりどりの果実や、カラフルなゼリーが沈んでいる飲み物だ。

「きれい……」

「勝手に注文して、ごめんなさい。オーキッドシンポジウムの成功を祝って、乾杯したかったんです。功労者に敬意を表して。もちろんアルコールは入っていません」

過剰すぎる礼賛《らいさん》に、赤くなる。自分は蘭の鉢植えを布で巻いただけだ。

「成功って、まだ入場が開始されたところじゃないですか。成功かどうかなんて、わからないですよ。それに、ぼくは功労者なんかじゃありません」

「あのすばらしいディスプレイを見れば、成功は一目瞭然です。それに、温室の蘭を飾ろうと提案したのは湊さんだと、ちゃんと聞いていますよ。では、乾杯」

そう言われて、くすぐったかったけれどグラスを合わせた。爽やかなドリンクは、疲れた気持ちを癒してくれる。

「お待たせいたしました」

次々と運ばれてくるフードは、どれもが湯気を立てて香りがすばらしく、おいしそうだ。普段ハンバーガーは気軽に食べているものだが、ぜんぜん違う。

ふかふかの胡麻バンズ。中にはレタス。アボカド。オニオン。ピクルス。それらの生野菜が、たくさん挟まれている。何より分厚いパティがバンズから、はみ出していた。

「すごく大きいですね」

「でしょう。だからひとりで食べると、これだけで満腹になっちゃうんです。ほかのメニューも試したいのに、早々にギブアップしてしまう」

海棠はそう言うと、添えてもらったナイフでバーガーを半分に切り分ける。その瞬間、肉汁が零れ落ちた。彼は想定内だったらしく、慌てることなく新しいバーガー袋に包んで、湊に渡してくれる。

「どうぞ召し上がれ」

「は、はい」

遠慮していた湊だったが、もはや空腹の頂点を極めていた。

今日だって学校が終わって、真っすぐ病院へ。まだ意識が戻らない父を見舞ってから柏木の店への挨拶。さらに佐々木のところへアルバイトの交渉。

さらにさらに、佐々木に断られて消沈したところに蘭の未着騒動があって、それから怒涛《どとう》のラッピング作業へ突入し、包装のお手伝い。

要するに、お腹が空きすぎてクラクラしていたのだ。

「いただきます！」

そう言ってカプッと口に入れると、バンズの香ばしさと生野菜の新鮮さをまず感じ、次には肉汁があふれ出す。あまりのおいしさに、気絶しそうになった。

「おいしいっ」

たまに食べるファストフードとは別物。吟味された肉と野菜。それらがバンズに包まれて、口の中で踊るみたいだ。

咀嚼《そしゃく》するたびに、肉汁があふれた。噛んでいると、幸せな気持ちになる。人間は、おいしいものを食べると幸福になる、実に単純な生き物だ。

「ね、うまいでしょう？　私も、たまにしか食べませんが、ここのバーガーは楽しみなんです。でも……、息子に食べさせることはできません。彼は小麦アレルギーがあり、食事はすべて管理されたものなんです」

そういえば海棠は柏木の店でも、食材を指定させてほしいと連絡をしていた。それに先ほど、湊にアレルギーはないですか？　と確認していたっけ。

湊にアレルギーの知識はない。でも、大変さは伺《うかが》い知れる。

「……みっくちゃん、ですよね」

「未来《みく》という名ですが、舌足らずなので自分では言えず、みっくと言っています」

「かわいい！」

思わずそう言うと、海棠は嬉しそうに微笑んだ。

「初めて湊さんと会ったリストランテは、アレルギー食材を指定したリストを渡しておくと、ちゃんと作ってくれるんです。だから安心して息子に食べさせることができる。湊さんは食物アレルギーというのを、知っていますか？」

「あまりよく知らないです。映画で甲殻《こうかく》類アレルギーの人に、ジョークで食べさせたのを見た時すごい反応を起こして、びっくりしました。ほんの一口しか食べてないのに、痙攣《けいれん》して、引き付けを起こして……」

楽しいコメディ映画だったのに、その場面では怖くなった。

「そうですね。重症な場合は、死に至る人もいます」

小麦がダメなら、ほかのものを食べさせればいいという乱暴な人もいるが、現実的には小麦粉を使った食品だらけだ。

パンや麺類だけでなく肉のつなぎや、シチューにも小麦粉が入っている。

「小麦粉は和洋中の、ぜんぶの料理に使うから、奥さんも大変ですよね」

そう言うと、海棠はちょっとだけ肩を竦《すく》めた。

「妻はアレルギーがある子供の育児に耐えられず、離婚届を置いて出て行きました」

「え？　……その人、未来ちゃんのお母さんですよね」

「正真正銘、実の母親です。派手好きで、育児はシッターまかせ、家事はハウスキーパーまかせの人でした。でも、アレルギーに向き合えないと知ってさすがに呆れました。子供にとって母親は、ひとり。そんな当然のことが、わからない人でした」

なんと言葉をかけていいのか。二の句がつげないとは、このことだ。

「食事がまずくなる話をして、すみません。実はさっき言ったシッターのバイトですが、今までいたシッターが結婚するため、辞めたんです。今は情けないですが保育園が終わったら一度迎えに行き、その後、認可外の保育施設で預かってもらっています」

「男手ひとつで育てているのですから、保育施設に頼むのは仕方がないですよ」

弁護するように言うと、海棠は「ありがとうございます」と言った。

「どうしてお礼なんか言うんですか」

「味方をしてもらった気がして、嬉しかったんです」

そんなことが嬉しいものなのか。自分にはわからないけれど、海棠が少し元気になったみたいで湊もホッとする。

「あ、また脱線しちゃいましたね。すみません。湊さんの学校が終わったあと、保育園に息子を迎えに行ってもらい、私が帰宅するまで在宅してほしいのですが、どうでしょう。もちろん、お父さんのお世話は最優先で結構です」

「今のところ集中治療室にいるので、特に世話することはないんです」

とつぜんすぎる話に、湊は戸惑ったままだ。今日、海棠に再会したのも驚きだったが、その場でシッターの仕事をもらえるなんて。

「急な話で、すみません。家にいる間は、基本的に自由です。子供がぐずったら、ちょっと相手をしてほしいのと、ケータリングが来ますので夕食の相手。それと入浴と、就寝の相手です。どうでしょうか」

彼は背広の内ポケットから手帳と万年筆を出すと、何かをサラサラと認《したた》める。そして、それをテーブルに広げて見せた。

「時給でなく一ヶ月の給与として、これでいかがでしょう」

書かれた金額を見て、目を疑う。六桁の数字だったからだ。

「……あの、シッターの相場って知りませんが、コレはちょっと高いです」

「私は帰宅するのも遅いですし、拘束時間も長い。これぐらいは妥当です」

「だって、未来ちゃんを保育園に迎えに行って、そのあとお風呂とご飯と寝かしつけだけでしょう。その合間、ぼくは自由にしていていいっていうし」

「ただ基本的には、できるだけ外出を控えて在宅をお願いしたいんです」

「もちろんです。未来ちゃんみたいな小さな子を、ひとりでお留守番なんてさせられません」

思わずそう答えると、海棠は嬉しそうだった。

「……ありがとう。そう言ってくれる人を、探していたんです」

真正面から見つめられ、気恥ずかしくなる。

「昔の人は食品アレルギーの知識や理解がないことも多く、下手をすると精神論をぶつけてくる。好き嫌いはダメとか、食べられないのはワガママだとか、親が甘やかしているからだとか。こちらは命がかかっているというのに」

深刻な表情から、彼の苦悩が知れる。今まで言えないような苦労をしていたのだろう。

「ぼくはアレルギーがありませんが、小さいころ父が忙しくて、淋しい思いをしていました。未来ちゃんも友達とご飯が食べられなくて、淋しいでしょうね」

「失礼ですが、湊さんのお母さまは」

「ぼくが小学生の頃、病気で亡くなりました」

「……不躾《ぶしつけ》なことを伺って、すみません」

謝られて驚いた。湊よりずっと大人の男性なのに。それに先ほどからずっと、いろいろと気を遣ってくれて、とても優しい。

「母は、ちょっと具合が悪いから、検査入院するって言っていました。お見舞いに行ったら元気そうでしたし、冗談も言っていた。安心して、飲み物を買ってくるねって席を外して、戻ってきたら倒れていて――」


医者や看護師が飛んできて応急処置をしたけど、そのまま、亡くなってしまった。

あまりに急のことすぎて、父も湊も親戚や母の友人たちも、誰も頭がついていかない。

ひとりの人間がいなくなって残されたのは、遺品の数々。

あの時、湊は蝉《せみ》みたいだなと思った。抜け殻から脱皮して空に飛ぶ、夏の昆虫。その時、頭の中で蝉が喧《やかま》しく鳴いていた気がする。

……でも、蝉と母は違う。母はどこにもいない。消えてしまった。

たくさんの抜け殻を残して。


「湊さん」


そう言われて、ハッと気づく。涙だ。

海棠が長い腕を伸ばして、湊の頬に触れ涙を拭うと、温かい指の感触に、また涙が零れた。

「ご、ごめんなさい。十年以上も前の話なのに。やだな。なんで涙なんか出ちゃうんだろう。せっかくのお食事なのに変なとこ見せて、すみません」

「大切なお母さまを思い出したからですよ」

湊が手の甲で涙を拭っていると、きれいにプレスされたハンカチが差しだされた。海棠のものだ。借りるのは、なんだか恥ずかしかった。それに申し訳ないと思ったので、かぶりを振って断った。だが、彼は強引に湊の頬にハンカチを当てる。

「ダメです。汚れちゃいますから」

「構いません。襟元も涙で濡れていますよ」

けっきょく海棠に涙を拭いてもらい果実の浮いた炭酸水を飲んだら、気持ちが落ち着いた。取り乱してしまった自分が、すごく恥ずかしい。

海棠はハンカチを湊に握らせると、何も言うことなくドリンクを飲んでいる。

この静寂が、ありがたかった。

自分は涙を流しているのに、構われるのが苦手だ。勝手な言い分だと承知しているけど、放っておいてほしい。

ひとりで泣いて、それで終わりにしたい。

しばらく涙を流していたら、ウソみたいに気分がスッキリしてきた。

海棠もそれがわかったのか、「つめたいソーダが飲みたくないですか?」と訊いてきたので、湊は頷いた。

おかわりを注文したら、先ほどは透明だった炭酸水が、今度は薄いピンクになっていた。飲んでみると、桃が入った炭酸水だった。

「おいしい……」

溜息のような声が出てしまい、恥ずかしくなる。誤魔化すようにラウンジの中を見てみると、けっこうお客さんが座っている。

静かなクラシック音楽が流れ、少し照明を落とした店内。

座り心地のいい、大きな肘かけ椅子。高い天井からは、硝子《ガラス》のオブジェが蔦《つた》のように絡み垂れ下がっていて幻想的だ。

父に連れられて、このホテルには何度も来て泊まったこともある。でも、こんな空間には初めて足を運んだ。

「さすがホテルのラウンジは、ムードがありますね」

うっとりとそう言うと、海棠は目元だけで微笑んだ。

「当ホテルの創業は明治末期。長い年月を経ても、よい空間をお客様にご提供できるよう努めております。女性は歴史や美術に造詣が深い方が多いですからね。こんな場所で、素敵な人と恋を語らっていただけたら光栄です。私だったらイチコロだな」

「イチコロって、なんですか？」

「知りませんか。……世代の差か」

ちょっとショックを受けている姿は、すごくかわいらしく映る。今までの、完璧なエスコート姿からは、想像もできないぐらい親近感を覚えた。

「ごめんなさい。あまりテレビを観《み》ないので」

「いえ。差があって当然です。今の子は、テレビを観ないって本当なんだ」

その回答が、本当の年配者みたいだ。おかしくて、また笑った。

海棠は、そんな湊を楽しそうに見ている。

「二十歳《はたち》を超えたら、そのフルーツカクテルをシャンパンにしましょう」

飲んだこともないシャンパン。海棠が言うと、すごく魅力的に聞こえる。

「すみません。食べながら聞いてもらえますか」

彼はそう言いながらブラウンシチューやサラダを取り分け、湊の目の前に置いてくれる。慣れている仕草は、安心できた。

「未来はまだ小さいのに、聞きわけが、とてもいいんです。本来あの年齢の子は、寝ても覚めても自分の欲求だけでしょう。それなのに、いつもニコニコしている。その笑顔を見ているのが、時々つらいです」

「未来ちゃん、天使みたいな子でした。ぼくに大事なお守りをくれたし。あの後、夢に出てきました。おかしな夢です。湖から海棠さんが現れて、金のお父さんと銀のお父さんのどちらを落としましたかって訊くんです」

「シュールな夢ですね」

「はい。夢の中でも、くまのぬいぐるみがいました」

「私が湖から現れるって、不思議ですね。あなたが落としたのは金のお父さんですか？　というのも偉そうだ。せめて夢の中だけでも、お父さんの病気を一瞬で治してあげられればいいのに。現実の私は無力です」

本気で言ってくれている海棠に、微笑みが浮かぶ。

（いい人だなぁ）

母の話を聞いてくれた上に、優しい言葉をかけてくれた。何より、父の急場も助けてくれた。この人が困っているのだから、手伝いたい。役に立ちたい。

子供の相手をしてあげるぐらいなら、お金なんていらない。

そう思った湊は、海棠にそれを伝えた。だが。

「いいえ。アルバイト代は必要です」

「でも……」

「こうやって再会できたことは嬉しいですが、他人の子供を預かるなら責任が伴《ともな》うし、金銭のやり取りを発生させたほうがいい。湊さんだって、お金が必要だから仕事を探していたのでしょう。報酬なしで働いてはダメです」

「でも……」

「それと、ひとつだけお願いがあります。ケータリングを湊さんのぶんも頼むので、木来と一緒に食べてもらえますか？　お代はもちろん結構です」

「一緒に食べるのぐらい、おやすい御用です。でもタダなんて、そんなのダメですよ。ちゃんと払いますから」

「いえ。小さい子供が、ひとりで食事をするのは本当に忍びない。これも仕事の一環だと思ってください。以前のシッターさんも、夕食を一緒に食べてくれていましたし」

「そうなんですか……」

「ただ湊さんにご用意する食事も、アレルギーの人向けの食事にさせてもらうことになります。未来が万が一でも誤食したら大変ですから」

「もちろん大丈夫です。ぼく、好き嫌いはないし！」

方向性が違う回答が面白かったのか、海棠は笑いだしてしまった。

（笑顔、かっこいいな。笑った時にできる目尻の皺も、すごく感じいい）

自分が必要と言われて、気恥ずかしさだけでない喜び。

どれだけやれるかわからないけれど、頑張ってみたい。そんなことを想っていたら、大きな手を差し出される。握手だ。

照れくさいけれど、湊も掌を出す。握ると彼の手は、ひんやりとして心地よかった。

「では、食事をすませたら、子供に会ってもらえますか？」

「はい！」

二人は食事の残りをすませると、早々に立ち上がった。

湊がさんざん怯えていた会計も海棠が、サラリとカードで支払ってしまった。大人の洗練された手際に、追いつけなかった。慌てて財布を取り出す。

「あの！　ぼくの食べたぶんを払います」

「まさか。パーティでのお礼も兼ねていますし、さっきは私が食べたいものばかりを頼んだじゃないですか。つきあってくれて、大助かりです。今日はラウンジでしたが、次は最上階のレストランにも行きましょう。おいしそうなエスニック料理があるんです」

海棠はにこやかだったが、湊に支払いをさせなかった。

「では行きましょうか」

そう言って湊の肩を抱くようにすると、ラウンジを出る。向かうは未来が待っているだろう、認可外の保育施設だった。

□□□

ベビーシッターが辞めてしまった今、未来は保育園に通っている。だが、その保育園は夕方五時までしか預かってくれない。

夜遅くまで仕事をしている海棠は夕方になると抜け出して、認可外の保育施設に子供を送り届けているそうだ。

湊は彼の車でホテルから近い場所にある私設保育施設へ到着した。

「こちらです。保育士さんとの顔合わせもお願いしたいので、一緒に来ていただけますか？」

「はい。ぜひ」

こういう場所は初めてなので、思わずキョロキョロする。驚いたことに、保育施設はマンションの一室だ。

「遅くなりました。海棠です」

マンションはオートロック。子供が飛び出していかないようになっている。中に入ると四人の子供がテーブルに着いて、お茶の時間だった。

「ぱぱ！」

「未来、全部いただいてから立ちなさい。残してはダメだよ」

「はぁい」

未来は言われたとおり座り直すと、残りの麦茶もぜんぶ飲んだ。それから「ごちそうさまでした」と挨拶をして、汚れた食器をキッチンに下げる。

(すごい。ちゃんとしている)

湊は、自分の時はどうだったか考えてみる。父は甘い人だったので食事の残しなどには寛容だった。

いや、寛容というか『パパがお残し食べてあげるね〜』とベタ甘だった。

思い出すと恥ずかしくなる。思わず俯《うつむ》いていると、いつの間にか未来が足元に立っていて、湊をじっとみつめていた。

「こんにちは。ぼくのこと、憶えてる？」

「こんばんは。あのおじちゃん、だいじょうぶ？」

こんな子供に挨拶の訂正をされてしまった。しかし、もっと驚いたのは智彦の一件を覚えていたことだ。三歳児の記憶力にびっくりする。

「うん、未来ちゃんのくまちゃんが守ってくれたよ。ありがとう」

そう言うと、未来は頬を紅潮させて湊の腹にしがみつく。

「だよね、だよね！　るーちゃんは、たすけてくれるの！」

大きな瞳で、湊の顔を覗き込んでくる。くまの名前は、るーちゃんというらしい。

「未来、話は家に帰ってからにしよう。先生に挨拶して」

海棠にそう注意されると、未来は素直に保育士に挨拶した。

「せんせい、ごちそうさまでした。また、らいしゅうまで、さようなら」

「未来ちゃん、折り紙は宿題ね」

「はーい」

湊も保育士に挨拶をすませ、三人で保育施設を後にする。

「折り紙とは、なんのことですか王子さま」

「みっくね、おりがみ、おれなかったの。……あぇ、おにいちゃんも、のるの？」

後部座席に設置されたチャイルドシートに座った未来は、助手席に座った湊に気づいて首を傾げる。

「そう。お兄ちゃんはシッターさんとして、通ってきてくれることになった。神代湊さんだよ。未来もご挨拶して」

そう言われて、子供は首をぶんっと振ってお辞儀をした。

「すずらんぐみ、かいどうみっくです！」

「カッコいいお名前だね。ぼくね、未来ちゃんには、お礼が言いたかったんだ」

「おれぇ？」

「うん、お礼。ぼくのお父さんが倒れた時に、るーちゃんを貸してくれて心強かった。それにお父さんが助かったのは、るーちゃんのお陰です。どうもありがとう」

キーホルダーを見せてお礼を言うと、未来は「あ！」と声を上げる。

「るーちゃん！　湊ちゃんち、いってたんだ！」

さっきと微妙に設定が違う。どうやら記憶が曖昧らしい。子供なんてそんなものだ。何せ相手は三歳児。人の状況など、わかるはずもない。

「るーちゃんは、ぼくのお父さんを助けてくれていたんだよ」

すると、未来はニッコォーっと微笑んだ。かわいい。

（夢の中では、この子が銅鑼《どら》を叩いたり、『其方《そなた》に祝いを授けよう』とか言うんだからシュー

ルな夢だったけれど、なんか、助けてくれたような気がする）
実際、助けられたわけじゃない。でも湊にとって救いの象徴だ。この子が、ぬいぐるみを差し出してくれたから、自分は救われた気がする。
それぐらい、あの時の自分は追いつめられていたのだから。

□□□

海棠が運転する車は、ほどなく住宅街の中に滑りこみ、その中の一軒家の前で停車した。辺りが暗くなっていて、よく見えないが雰囲気のいい建物だ。

「到着です。お疲れ様でした」

車庫入れのために未来と湊は外に降りたが、その時、駐車場の中が見えた。

（あの車、ポルシェだ。すごいなぁ。……でも、海棠さんが赤いポルシェ。なんかイメージが違う気がする。いや、大きなお世話か）

「お待たせしました。どうぞお入りください」

駐車場のシャッターを閉めた海棠がやってきて、玄関の鍵を開けて電気をつけた。

目の前には長い廊下、奥には大きな階段が続いている。吹き抜けになった天井から、繊細なシャンデリアが下がっていて、きらきらと反射して美しい。

（すごいおうち。さすがホテルのオーナーさんだなぁ）

「ここが海棠さんのお宅ですか。すごく立派ですね」

「古い家をリノベーションしたものです。さぁ、どうぞ。飲み物は、何にしますか。未来はココアにするかい？」

「んーん。みっくく、いらない」

そう言うと、未来は保育園カバンを部屋の隅に置いてある籠《かご》に入れる。本当に、ちゃんとした子だ。

通された広いリビングは、木目《もくめ》の天井が高く、部屋の隅には大きな観葉植物。大きなソファもあって、とてもおしゃれだ。

「未来の夕飯が遅くなってしまったね。さっきのところでは、食事は出ていないだろう？」

「うン。……でもねぇ、みっくく、おネムなの」

「そうか。じゃあ、パパはお茶を淹れてくるから、ちょっと休んでいなさい。戻ってきたら、お部屋に連れていくからね」

海棠はそう言うと、キッチンに入った。未来の眠気は本格的らしく、大きなアクビを、何度も繰り返している。

「ねむーい」

さらにアクビをすると、ソファによじ登って湊の隣にやってきた。そして、座っている湊の膝に頭を乗せると、あっという間に丸くなる。

　驚いたのは湊だ。こんな簡単に、こんなに無防備に、子供は寝てしまうのか。

「み、未来ちゃん、ここで寝ちゃダメだよ。お部屋で寝るんだよね？」

「んー、んんん……。みっく、ここでねるぅ……」

　慣れない人の重さ。体温。ふわふわの髪。すうすう上下する胸。子供の匂い。

　びっくりするぐらい、ほんわかしてくる。まるで、天使が膝枕してきたみたいな気持ちだ。ものすごい幸福感。

　言うなれば、ハートにズギュンだ。

（わー。変な言葉。なんなの、ハートにズギュンって）

　自分でも戸惑う感情の波。狼狽《うろた》えていると、海棠がトレイにカップをのせて戻ってくる。彼は湊に膝枕をさせて、くうくう寝ている未来を見て大慌てだ。

「すみません、重いでしょう。もう、向こうに運びますね。未来、おいで」

「いやー」

「……王子、王子。お迎えでございます。さぁ、馬車のご用意ができておりますよ。白亜の宮殿へ参りましょう。爺《じい》がお供つかまつります。さぁ」

「いやー。いーやーあー。みっく、湊ちゃんと、いっしょぉおー」

「なんだと。このかわい子ちゃんめ」

「いいです、いいです。もう寝る気まんまんみたいですから、このままで」

「本当にすみません。重くないですか」

「ぜんぜん。未来ちゃんは、りんご三個分ですよ」

どこかで聞いたようなことを言うと、おかしそうに海棠は笑った。

保育施設で見せた、いい子ヅラはどこへやら。年相応に、ちゃんとワガママっ子だ。

そして海棠も、メチャクチャお父さんだ。

長身で、モデルのような美男子が自分のことを爺と呼ぶ。すごくシュールだった。

「海棠さん。ぼく、どれだけ未来ちゃんのシッターができるか正直、不安です。でも、こんなかわいい子と一緒にいられるのが嬉しい。ワクワクします」

そう言うと、海棠は眉を寄せて悲しそうな顔になる。

「あの、ぼくは何か変なことを言いましたか」

その一言に、彼は「すみません」と呟いた。

「未来の母親はこの子のアレルギーを知って、ヒステリーを起こしました。挙げ句の果てには言うに事欠いて『こんな子、産まなきゃよかった』と、怒鳴り散らしたんです」

「……」

言葉が出ない。こんなかわいい子に、そんなことを言う人がいるのか。

とても悲しい気持ちになってくる。アレルギーになりたくて、なる人はいない。ましてや子供。最愛のお母さんが、自分を嫌いになるなんて。

「なんで酷いことを言っちゃうのかな。だって未来ちゃん、天使なのに」

そう言うと彼は、また少しだけ眉根を寄せる。

「――――そんなふうに言ってくれると、涙が出そうです」

本当に泣きそうになっている海棠を、抱きしめてあげたくなった。

湊は膝にしがみつくみたいにして眠る、未来の髪を撫でてみる。とても柔らかい、ふわふわの髪の毛が触れる。

天使を見た気持ちだった。

そばにいてくれるだけで心が安らぐ。気持ちが明るくなる。優しくなれる。優しく、なる。

「未来ちゃんは天使です。ぼくは、このエンジェルのために頑張らなくちゃ」

そう言うと海棠は「ありがとう」と囁いた。

胸に深く沈む、そんな声だった。

4

「未来ちゃんっ！　そんなところに上っちゃダメッ！」

「だってぇ」

「そんなかわいい顔をしても、ダメなものはダメッ！」

湊が叫んでいるのは、海棠宅のロフトだ。大声で怒られているのは、未来ちゃん三歳。どこに上っているかと言えば、二階に設置されたロフト。

この天使は非常にアクティブで、少しもじっとしていない。ようするに、悪ガキの要素がたっぷりなのだ。

（見た目のかわいさに、思いっきり騙《だま》された……っ）

どうやら保育施設では、思いきり猫を被っていたらしい。

そういえばスーパーで見かける幼児のお母さんたちは、みんな疲れを通り越した顔をしている。その理由は、最愛の天使ちゃんだ。

湊はロフトに続く階段を上って、身を乗り出してバタバタ遊んでいる悪魔を鷲掴《わしづか》みにする。

ロフトの高さは結構なものだ。落ちたらタダではすまない。

そんな思いを知ることもない悪魔は、「あーん」とジタバタだ。

「みっく、ロフトがいいー」

「ダメに決まっているでしょう。未来ちゃんに何かあったら、パパが泣いちゃうよ！」

ぐずっていたのに、『パパ』が効いたのか、キョトンとした顔をされる。

「……ぱぱ、ないちゃう、の？」

「うん。泣いちゃう。ぼくも泣くよ」

「どうちて湊ちゃん、ないちゃう、の？」

「だってぼく、未来ちゃんのこと、大好きだもん」

「だいしゅき？」

「うん。大好き。だから未来ちゃんを危ない目に遭《あ》わせたくないし、痛い思いなんか絶対にさせたくない。だって未来ちゃんが大切だから。ぼくの言うこと、わかる？」

そう言うと、ちっちゃ子なりに思うところがあったらしい。湊の首にしがみついて、子供にしか出せない声で、小さく囁く。

「ごめんなさい」

しょんぼりとした顔をされて、湊はドキッとしてしまった。

「あのね、みっくのこと、きらいにならないで」

その声を聞いて、胸がキュウっとなる。

湊は子供好きだが、ここまで気持ちが揺らいだことはない。それぐらいかわいい。

（うわー、かっわいい！）

「キライになんか、ならないよ。でも、ロフトには絶対に上っちゃダメ。ぼくと約束して。ロフトには、もう上らない。いいね？」

そう言うと、未来はコクンと頷いた。その瞬間、悪魔から天使に格上げだ。

（我ながら単純だけど、まぁ、いいや）

未来の愛らしさに、どんどん甘くなっている自分を反省しながら、首にしがみついて離れない子を、優しく抱きしめた。

□□□

湊の日常のルーティンは、朝は普通に学校に行く。下校したら、そのまま父の病院へ。まだ意識が戻らない智彦の様子を見てから、保育園へお迎えだ。

夜の保育施設は、湊がシッターとして勤め始めてから、お休みにしている。ゆくゆくは、保育施設は退園して、昼の保育園は続けて、夜は家で湊とすごすことになる。

海棠がちゃんと湊を保育士に紹介して、書類も提出してくれているので、お迎えは至ってスムーズだ。以前ほかの保育園で連れ去り事件があって、人の出入りには厳しくなっているらしい。物騒な世の中だから、この安全管理も当然だろう。

「未来ちゃん、お迎えが来ましたよー」

「はーい！」

空色の保育着を着た未来が、嬉しそうに笑った。こうやって見ると、本当に天使だ。

手を繋いで保育園を出ると、まっすぐ海棠家へ向かう。小麦アレルギーの未来は、いっさいの買い食いは禁止。寄り道もしない。

「早くおうちに帰って、おやつだね」

「うン！　きょーおーのおやつ、なーにかなぁー」

変な節回しで歌う未来と一緒に歩くのが、なんだか楽しい。一緒になって歌っていると、通行人の主婦らしき女性に笑われた。

そんなことをしながら帰宅し、ウガイと手洗い。

海棠が契約しているキッチンデリから配達される、アレルギーに配慮した食事とおやつ。今どきって本当に便利だと感心する。

今日のメニューは、おやつが豆乳クリーム米粉パン。夕食が米粉パスタの豆乳グラタン。明日の朝食用に、米粉パンで作ったサンドイッチ。

海棠と湊の分も一緒に注文してあるから、未来が疎外感を覚えることもない。

米粉パンはトースターで、ちょっと焼くといいらしい。説明書を見ながら、書かれた手順通りにやってみる。

「はい、お待たせしました」

外側はカリッ、中もっちりパンのでき上がり。未来も嬉しそうに、パクッとひとくち食べて足をジタバタさせる。

「おぃちぃー」

「本当？　ぼくも食べてみよう。いただきまーす。……本当だ。うわー、おいしい」

ちょっと温めただけなのに、劇的においしい。すごい発見をした気持ちだ。

湊は手早くパンを食べると、アレルギーのテキストを開く。簡単なものだが、図解やフローチャートを使っていて、すごく見やすい。

（もっとアレルギーの勉強をして、未来ちゃんが食べられるものを増やすんだ）

湊が使命感を燃やし拳を握ったその時。玄関のドアが開く音がして、「ただいまー」と聞き覚えのある声がした。

「ぱぱだ！」

未来が喜びの声を上げたのと、リビングのドアが開くのは同時だ。

「海棠さん、おかえりなさい」

「ただいま。近くまで車で通ったから、様子を見にきました。湊さん、不自由はないですか？

足りない物とかがあれば、買ってきますよ」

「ありがとうございます。でも、特に不自由はありません。あ、海棠さんもおやつ食べませんか。豆乳クリーム米粉パンです」

「いつも買うパンなのに、湊さんが言うとおいしそうだ。ひとつ、いただこうかな」

「はい。ちょっと待っててくださいね」

パンを温めている間にお茶を淹れてトレイにのせると、ソファに座っている海棠の前へと持っていく。未来は思いがけず早く帰ってきたパパにベッタリだ。

「失礼します」

そう言ってからカップをテーブルに置いた。彼は「ありがとう」と言って、出されたカップを手にする。その時、海棠がテーブルに出しっぱなしになっていた本に触れた。

「湊さん、これは？」

「あ、出しっぱなしにして、すみません。これはアレルギーに関する本です。何も知らないままじゃ、未来ちゃんのシッター失格だと思って。それより、パンどうぞ」

海棠は何か言いたげに湊を見つめている。

「湊さんに、こんな雑用までさせてしまって、すみません」

「いいえ。このパン、温めて食べたら、すごくおいしかったんです。だから、海棠さんにも食べてもらいたいなと思って。ね、未来ちゃん」

「ねー」

未来と一緒に、「ねー」とやると、見ていた海棠はプッと笑い出す。

「心配するどころか、二人の仲は最高じゃないですか。そんなことをされると、可憐でかわいくて困ります」

可憐で、かわいい。聞き慣れない単語に湊は首を傾げたが、聞き間違いだ。

「ぱぱ、はやくパンたべてぇ」

「はいはい。……うん。本当だ。いつものパンじゃないみたいだ」

ちょっとしたことなのに、この大絶賛。恥ずかしくなって、思わず照れ笑い。

都内に豪奢《ごうしゃ》な一軒家を持っていて、ホテルのオーナー。もっとおいしいものを口にする機会は多いだろう。

それでも子供と同じ食事をして、湊の薦める食べ方を褒めてくれる人。

ものすごく優しいのだ。

(でも、褒めてくれるのは嬉しいけど照れるよね)

「湊さんは真面目だし気が利くし、ずっとこのまま働いてほしいぐらいですが、お父さんが赦《ゆる》さないでしょうね。……そういえば、今日も病院に寄ったんですか」

父親のことを訊かれて「はい」と返事をする。

「学校が終わって直行しましたが、変化なしです。血圧も脈拍も変わらずでした」

今日も病院へ行ってきた。もしかしたら意識が回復したんじゃないか、いや、もしかしたら集中治療室を出られたんじゃないか。そんな一縷《いちる》の希望を抱いて。

でも機械に囲まれて寝ていたのは、いつもと同じ姿の父。

手術は成功したはずなのに。智彦は目覚めない。

医療用リストバンドをつけ入院着を着ていると、父ではない別の誰かが、父のフリをして眠っているみたいだ。

(なんか、……お父さんっぽくないんだよね)

不精髭が伸びて、髪がボサボサなのが普段の姿を表している。

でも、それだけ。

肌がガサガサになっているなぁとか、爪が驚くほど早く伸びているなぁとか、髭剃《ひげそ》りしてあげたいなぁとか。どうでもいいことばかり気にかかる。

普段だってピシッとしてなかったし、髭だって伸びているのも珍しいことじゃない、もっとだらしない時だって、よくあったのに。

でも何かが違う。

集中治療室に入室するために、見舞いの人間は着替えとか消毒とか、いろいろしなくちゃいけない。お父さんに会うだけなのに。お父さんに触れたいだけなのに。

消毒用のアルコールの匂いのキツさで、これが現実だと思い知る。倒れてから何日も経っているのに、まだ現実を直視できない。

いつも元気なお父さん、いきなり倒れて大手術。だけど目覚めることはなく、ベッドの中にずっといる。妙に語呂がよくて、ちょっとおかしい。

ぼくは、見守ることしかできなくて。

お父さんが二度と目覚めなかったら。

頭に浮かんで消える悪夢。最近よく見る夢は、いつも最悪のことばかり。

『お父さんの意識が戻らなければ、このまま寝たきりになるかもしれません。目覚めたとしても、なにかしらの重い後遺症が残る可能性もあります』

そんなことを医師に言われたのは、数日前。ものすごく重大なことを言われているのに、言葉は頭の中をすり抜けてしまいそうだった。

いきなりの宣告は、湊を地獄へ叩き落とす。

だって、手術は成功したのに。成功したって言った。言ったのに。

お父さんが、寝たきり。

最悪のことを言われて、気持ちが石コロみたいにガラガラ崩れ落ちる。お父さんが寝たきりになったら。何もわからなくなったら。

――お母さんみたいに死んでしまったら。

頭の中で、ぶぅんと虫が飛ぶ。蝉。あの時の蝉。母が亡くなった時に、頭の中を飛び回った忌々《いまいま》しい虫。そいつが高笑いするみたいに、大きく旋回しながら鳴いてる。

湊は何度も瞬きをして、その幻影を追い払った。

お父さんと話がしたい。

せめて、せめてもう一度だけでいいから、二人で笑いたい。

起きてほしい。死なないでほしい。『ゆうべ呑みすぎちまってさぁ』って、くだらないことを言ってほしい。どんなことでもいい。声が聞きたい。

でも、お父さんは起きない。奇跡は起きない。蝉は鳴いている。勝ち誇ったみたいに大きな声で鳴いている、忌々しい蝉。大嫌い。だいきらい。

お父さん死なないで。お願い。ひとりにしないで。お願い。お願い。

そんな考えばかりが、頭の中に浮かんでは消える。

「……あれ?」

すぅっと何かが頬を流れたので、指で触れてみる。これはなんだろう。

こうやって思いつめたりするから、とつぜん心がポキンと折れる。

折れた心は、治らない。開いた心の隙間から、何かがあふれ出している。透明な液体は、水だろうか。いや、ちがう。――――涙だ。

涙は頬をすべり、パタパタと服に零れ、いくつも染みを作っていく。慌てて右手で口元を覆った。涙を流している恥ずかしさよりも、嗚咽《おえつ》が出そうなほうが恥ずかしい。

泣いちゃダメだ。泣いたら迷惑だ。泣いたら恥ずかしい。泣いたら、みっともない。

「湊さん」

心配そうな声が聞こえたけれど、取りつくろうことができない。

どうして自分は泣いているのか。父が意識不明なのは、今に始まったことじゃない。今は嘆く時じゃない。しっかりしなくちゃ。頑張らなくちゃ。

でも。

でも涙が止まらなかった。

泣きたくて泣いている涙じゃない。恥ずかしい。みっともない。悔しい。何もできない自分が悔しい。悔しい。

母を失った時の衝撃と同じ。

心の奥に大きく開いた傷も流れる血も、すべてが同じ。

あふれる涙を抑えられず、何度も手の甲で拭った。すると海棠がその手を、そっと押さえる。顔を上げると、真摯な眼差しに見つめられていた。

「湊さん。泣いていいんですよ」

穏やかな声に気づいたら、海棠の腕に抱きしめられる。

離れようとしたけど、彼は力強かった。とても優しくて、それでいて強引だ。

いつもは常に湊の意思を尊重してくれる海棠なのに、今は、とても強硬だ。だけど、弱っている湊にとって、この強さは心地いいものだった。

「急に、ごめんなさい。もう大丈夫だから」

そう言って身体を離そうとしたけれど、海棠の力は弛《ゆる》まなかった。

「湊さんは苦しい。だから涙がこぼれる。当然です」

「海棠さ……」

「ずっと泣けなかったんでしょう? 今、ようやく疲れたなぁって心が言えたんです。だから、思いきり泣いていいんですよ」

そう言われたとたん湊は彼にしがみつき、ふたたび涙を零す。すると大きな掌が、背中を何度も撫でてくれた。

二人が抱き合ったままでいると、足元から小さな声がする。

「ぱぱぁ?」

気づくと、未来が不思議そうに父親と湊の抱擁シーンを見つめていた。

「あ、あのっ、未来ちゃんっ。これはね、これは……っ」

抱きしめられた格好のままジタバタもがいていると、予想外の反応がくる。

「ずるーい」

「ずるい?」

海棠と湊がキョトンとしていると、未来は足踏みをしている。

「みっくも、湊ちゃんと、ぱぱと、だっこ！」

この自己主張に、湊と海棠は唖然《あぜん》とする。さすが幼児だ。

「ぷ、……ぷぷぷ……っ」

最初に笑い出したのは湊。それから海棠だ。

二人は顔を見合わせ、笑ってしまう。さっきまでの深刻さは、どこへやら。そして笑ってい
るのが気にいらない幼児が、ぷーっとなる。

「ねぇねぇ。みっくも、だっこ。だっこぉ」

湊は海棠の腕から離れると、駄々《だだ》を捏《こ》ねる幼児を抱きしめた。

「ごめんね。未来ちゃんのパパを借りちゃった。もう、しないからね」

そう言うと未来は、「んーん」とかぶりを振る。

「湊ちゃんと、ぱぱが、だっこはいいの。でも、みっくもいれて」

なんとも寛容なお言葉に、海棠と湊は盛大に吹き出した。

笑い声が部屋の中に響く。温かい空気が満ちていく。

よかった。

今ここにいて、こうして笑っていてよかった。

ひとりで病院と家と学校を往復していたら、きっと自分は壊《こわ》れていただろう。

おかしくならなくても、医者に食ってかかっていたかもしれない。お父さんを返してと、筋

違いなことを言っていたかもしれない。

そんなことをしても、どうにもならないのに。

しがみついてくる子供を抱き上げ、その柔らかい頬に自分の頬をこすりつける。柔らかい。いい匂いがする。天使みたい。

ううん。みたいじゃなくて、本物の天使だ。

「……ふぅ」

小さいけれど深い溜息が洩れる。自分は、どうかしていた。あと少しで、先も見えない洞窟《どうくつ》の中に滑り込むところだった。洞窟。いや、暗い迷宮だ。

――迷宮に落ちなくてよかった。

優しい海棠と、愛くるしい未来がいてくれて、本当によかった。

神さまと母に感謝したい。

涙が零れ落ちたが、先ほど流した苦しい涙じゃない。感謝の雫《しずく》だった。

□□□

泣いたら、すごくスッキリして。

あんなふうに抱きしめて泣かせてくれた海棠のことが、めちゃめちゃ気になっていた。

（大人なんだよね。人の気持ちを大事にしてくれて、優しくて）

湊はシッターの仕事をするにあたって、食物アレルギーについて調べてみた。

アレルギー反応を起こす食品。入っていなさそうに見えて、実は混入されているもの。体験談。手作り可能なおやつ。

「いっぱいあるんだなぁ……」

今は未来も小さくて、大人の言うことを聞いてくれるけれど、大きくなって友達に誘われ買い食いをするようになるかもしれない。

思わず溜息をついた。やはり、言い聞かせが大事だ。

「折に触れて、アレルギーの話をするようにしようかな」

湊の日常は、学校の宿題を終わらせてからアレルギーの話を未来に言って聞かせる。それから夜になったら、宅配で来るキッチンデリのお弁当を一緒に食べた。

今日のおかずは、小麦粉と卵を不使用の、鶏むね肉の唐揚げ。サーモンと生野菜のマリネ。ひじきと豆腐のハンバーグ。つなぎや唐揚げ粉は米粉という徹底ぶり。

「おお、豪華！」

「ごうかー」

お弁当だからプラスチックのケースに入っているけど、それじゃあ味気なさすぎる。ちょっとプレートに移して、キャベツの千切りを加えてみた。

「うん。きれい！」

「きれいー！」

キャベツは学校の帰りに買ったもの。お皿に盛りつける時、生野菜があると彩りがきれいだ。

それから野菜スープ。これは海棠の許可を得た材料で作った。

いよいよ試食タイム。小麦アレルギーに対応する食材で作っているし、味付けだって悪くないはずだから、あとは未来の口に合うか合わないか。

まずはスープから食べ始める幼児を、ドキドキしながら見守った。未来はスープカップを両手で持つと、ずずずずーっと一気飲み。

「おいちい！」

「本当？　やったあ！」

今日も食欲があるので、とても助かる。アレルギー源である小麦と、念のため卵に気をつければ、自分でも一食ぶん作れそうだ。

「世のお母さんたちは頑張っているし。……もっといろいろ、やってみようかな」

もちろん、海棠の許可を得てからだ。自分はあくまでもシッターなのだから、出すぎた真似はできない。けれど手作りご飯ができるなら、やりたい。

気のせいか手作りのものを添えると、反応が違う気がする。ものすごく大喜びではしゃいでいるのは、気を遣ってくれているのだろうか。

「気を遣う……。三歳児に気遣われているのかな」

未来の食事はもちろんだけど、同じぐらい海棠の食事も気になる。

父親が倒れてしまったからではないが、どうしても外食は身体に負担がかかる。できるだけ、野菜をたくさん。温かいもの。塩分が少なくて、でもおいしいもの。

そんなことを考えていると、目の前で未来の食事が終わった。お皿もスープカップも、きれいになっている。

「えらい、ちゃんと食べられたね！」

「おいちかった！」

海棠から渡されている日誌に、食べたものを書く。あとでチェックしてもらうため。

食休みをしたらお風呂だ。

最初は未来だけ裸にしてお風呂に入れていたが、服が濡れるし面倒なので、一緒に裸になって、入ることにした。これも海棠の了承ずみ。

「ひと休みしたら、お風呂だよー」

「おふろ！」

「未来ちゃん、お風呂好きだもんね。助かるなぁ。今日の入浴剤は、なんにしよっか」

海棠家には入浴剤やらバスキューブが、山とある。

海棠自身は使わないから、よければ使ってくださいと言われた。

毎年、取引先からの贈答品がたくさん届いて、使いきれないらしい。なので、遠慮なく未来とのバスタイムに活用させていただいている。

「今日はカサブランカのバスキューブだよ。いい香り！」

広い脱衣所で未来の洋服を脱がせて、それから湊も洋服を脱ぐ。二人で素っ裸になると、これまた広い浴室へ。

シャワーをかけると、キャッキャッとはしゃぐ。それがかわいい。

「じゃあ、シャンプーするからハットかぶってー」

「あーい」

しゃこしゃこ洗髪、リンスしている間に身体も洗ってシャワーのちお風呂にドボン。その隙を見計らって、湊も髪と身体を洗ってバスタブにドボン。

「気持ちいいね。じゃあ、未来ちゃん。数を数える練習しよっか」

「あーん。みっく、それキライ」

「数を覚えられないと、パパみたいにカッコよくなれないよ。はいっ、いーち、にー」

未来にとって『パパみたい』は秘密ワードで、これを言うとキライなものも、好きになる。涙が出るほど、ありがたい言葉だ。

さーん、よーんと続けて数えて、十を超えたあたりでお風呂を出た。

タオルでよく拭いてからパジャマを着せ、それからドライヤーで髪を乾かしてあげる。未来はドライヤーがお気に入りだ。

「あったかぁい」

「うん。温かいねー。……どれどれ。乾いたかな。うん、イイ感じ。寒くないようにカーディガン着てリビングに戻ってて」

「あーい」

ちゃんとスリッパを履かせてから、とてとてリビングに向かうのを見届けて、さて湯冷めした身体を拭こうとしたその時。玄関が開く音がした。

「ただいま」

「わーい！　ぱぱー！」

リビングから未来が走り出る足音。海棠の帰宅だ。今日もちょっぴり早いご帰還。湊が慣れないだろうからと、早めに帰宅してくれていた。

（心配なんだろうな。口には出さないけど。優しいんだよね）

そう。彼はいつも優しい。自分は海棠に助けられてばかりだ。

「未来はお風呂上がりか。いい匂いだね。あれ、バスルームの灯りが、点《つ》けっぱなしだ」

え？　と思った瞬間、ドアが開いた。まったく準備していなかった湊は、真っ裸のまま海棠を迎え入れてしまった。

「わ」

正面から裸を見られたが、男同士だ。反応なんて、こんなもの。

だが海棠は違った。

「失礼！」

短くそう言い捨てると、音を立ててドアを閉められる。真顔だった。

(怒っちゃったのかな。そりゃ、裸だもんね。気分よくないだろうな)

海棠が帰ってきたなら、急いで出なくてもいいだろう。湊は浴室に戻ると、もう一度シャワーを浴びて、冷え切った身体を温めた。

(ぼく、運動と縁がないから、筋肉が皆無なんだよね)

軽く温まってからバスルームを出て、ちゃんと服を着てからドライヤーで髪を乾かした。洗面台を占領して悪いと思ったが、どうやら海棠は二階のバスルームを使ったみたいだ。

この家の主人がアルバイトに遠慮しているなんて、おかしな話だ。

(悪いことしちゃった。あとで謝ろう)

そう考えていると、ドアをノックする音。

「はい」

返事をすると、彼がドアを開いた。

「海棠さん、おかえりなさい。さっきは、すみませんでした」

先手必勝で湊が謝ると、海棠は困ったような表情になってしまった。

「いいえ。謝るのはこちらです。不用意に開けてしまって、申し訳ありませんでした」

「えー？　ぼくは別に大丈夫です。未来ちゃんと、お風呂に入るのは毎日だし」

「毎日ですか。それは羨ましい」

「え？」

「純粋に、羨ましいです」

そう言われて、思わず首を傾げる。

自分の子供と入浴しているのが、羨ましいのだろうか。……それとも、自分が思っている意味とは、何か違うのだろうか。返事ができなくて、固まってしまった。

ちょっと首を傾げてしまったけれど、気にしないことにする。

「いい香りですね」

浴室と脱衣所に、カサブランカの香りが満ちている。バスキューブだ。

「お言葉に甘えて、使わせてもらったバスキューブです。まだ、お湯を抜いてないから、すぐに入れますよ」

言ってしまってから、子供と自分が入ったお湯を勧めるのは失礼かと気づく。子供はともかく、自分は他人だ。

「すみません。使ったお風呂をどうぞなんて、失礼ですよね」

「失礼とは、どういう意味ですか？」

「未来ちゃんだけじゃなくて、ぼくも一緒に入ったし。お湯を入れかえましょうか」

そこまで言うと、笑われてしまった。

「家風呂ですから気にしませんよ。海外のバスとは違いますから。それより未来を風呂に入れてくれて、助かりました。どうもありがとうございます」

明るく言われてホッとする。湊の心配は、潔癖症の同級生が過《よぎ》ったから。イマドキの子は、神経質な子が多い。現代っ子の弊害だ。

潔癖さを貫く友人たちを何人も見てきた。だから自分がいかに大雑把で、無頓着かわかる。

三歳児と顔をくっつけてベタベタするのが楽しいって、どうなのだろう。

「どうかしましたか?」

ダンマリになってしまった湊を、海棠は心配そうに見つめてきた。

「あ、あの……っ」

海棠は湊に顔を近づけてくると、髪に触れるように鼻を近づける。その距離は、すごく近い。まるで、恋人同士だ。

「いい香りだ」

低い声で囁かれて、ぞくぞくっと身体が震える。

さっきシャワーを浴びたばかりなのに鳥肌が立つみたいな、だけど、どうして熱が出ているみたいに、熱いのだろう。

どうして。

「ぱぱぁ、おみやげ、みたーい」

トントトンとドアをノックする音がする。未来だ。

「開けていいよ。湊さんも一緒に食べましょう。米粉のザッハトルテです」

「お、おいしそうですね。今、行きます」

「じゃあ、お茶の支度をしていますね」

海棠は何ごともなかったようにドアを開け、外で待ち構えていた未来を両手で抱きかかえて去っていく。その足音を聞きながら、ホーッと溜息が洩れた。

（……びっくりした）

脱衣所なんて場所で、いつもより密着していたから。だから、ドキドキした。

今まで特に意識をしていなかった海棠の声。それが鼓膜の奥で響くみたいに聞こえたのは、なぜだろう。

『いい香りだ』

普通のことを言われただけなのに、どうして自分は震えたのだろう。

へんなの。こんなふうになるのは、変なことだ。

気を取り直して鏡に向かって、髪を直そうとして手が止まる。

鏡には頬を赤く染め瞳を潤ませている、自分の知らない自分がいた。

5

なんだかドキドキしているよ。

どうしてドキドキするのかな。

遊び歌みたいなフレーズが、頭の中に浮かんでは消え、消えては浮かぶ。湊は持っていたボールペンをポタッとノートの上に落とす。

「あー、考えがまとまらない」

宿題をしていたけれど、うまく進まない。苛々《いらいら》しているのか、カリカリしているのか。どうして集中できないのか。

未来を見ると、くぅくぅお昼寝だ。いや、もう夕方六時。お昼寝というカテゴリーにするのはどうだろう。

「ご飯の準備でもしようかな」

今日の夕飯はもう作ってある。米粉と豆乳のホワイトシチュー。小松菜と豆腐の白和え。

「和洋ごちゃごちゃだけど、野菜を食べなくちゃね」

最近はキッチンデリでの配達が半分。手作りが半分。未来はよく食べてくれるし体調もいいので、手作りはまぁまぁ成功のようだ。

母が亡くなったあと智彦は忙しかったのに、ちゃんと手作りの食事を用意してくれていた。そのことに、感謝している。

未来の親ではないけれど、せめて海棠家の仕事をしている間は、中食《なかしょく》を減らしてあげたいと思った。

海棠も手作りの食事を恐縮しながら、喜んでくれているのが嬉しかった。

ご飯のあとは、いつも通りお風呂で汗を流して。海棠は湊の話をよく聞いてくれるし、相談にも乗ってくれる。でも、口出しはほとんどしない。

無茶をしないと信用してくれているからだ。信頼されているのが、とても嬉しい。もっと頑張ろうと思う。

父の意識は、まだ戻らない。病院へ行っては、毎日しょんぼり帰ってくる。でも。

「お父さん、ちょっとだけ寝がえりを打ちましたよ」

「本当ですか？」

看護師から教えてもらって、嬉しくて飛び上がりそうになった。

「はい。それに顔を温かいタオルで拭ったら、ちょっと眉をしかめました。少しずつ反応が返ってくるのは、いい兆候だと思います。先生にもご報告しましたからね」

「ありがとうございます！」

看護師の言葉に、涙が出そうになるのを必死で堪えた。

医者には『意識は戻らない』とか、『戻っても大きな後遺症が残る』とか、散々なことばかり言われている。湊の落ち込み具合は、並大抵のものではなかった。

だけど、面倒を見てくれている看護師たちは優しい。希望を抱かせてくれる。

医者は現状しか報告してくれない。わざと希望を抱かせないようにしているのか。下手にいいことを言って、あとで問題になるのを避けているのか。

でも光が見えない看護はつらい。わかっているのか看護師たちは、前向きな言葉をかけてくれる。それらは、ものすごい救いだった。

お父さんが帰ってくるような気がする。

頑張れる気がする。

ふと目をやると、未来はまだまだ起きそうにない。今日は保育園で駆けっこをしたというから、疲れたのだろう。

「ぼくも眠くなっちゃった……」

寝ている子を起こしてまで食事をさせるのは酷だ。とりあえず未来の寝ているソファに座って、大アクビ。そのままズルズル横になる。

（未来ちゃん、すやすや温かい。ふわふわ。いい匂い）

子供の髪に顔を埋《うず》めて、ゴロゴロしているうちに、本当に眠くなってくる。

（ちょっと寝ちゃってもいいかな。ダメダメ、仕事中）

いつの間にかウトウトしていると、ふんわり温かくなってきた。なんだろう。気持ちいいなぁと思いながら薄目を開ける。

（あれぇ。毛布。毛布だ。ふかふかで気持ちいいなぁ）

そんなことを思いながらゴロゴロしていると、ハッと意識が戻る。

（毛布！　毛布って、なんで！　未来ちゃんがかけてくれるわけないのに！）

ガバッと起き上がると、目の前の肘かけソファには海棠が座っていた。

「海棠さん……」

「起きなくてもよかったのに。驚かせてしまいましたか」

「おかえりなさい。すみません、寝ちゃって」

「いいえ。学校と病院と我が家の往復は、いくら高校生でも疲れて当然ですよ」

「でも恥ずかしいです。寝顔、見られちゃった」

そう言うと、海棠はおかしそうだ。その表情はバカにするでもなく、さりとて困っているでもない。そう、慈愛に満ちた微笑みだった。

「二人とも、かわいかったです。未来と二人で眠っている姿は、天使のようでした」

天使。……天使？　あの、ふわふわ飛んでる、お尻丸出しの？

未来だけなら、いざしらず。これはさすがに男子高校生にとって、恥ずかしいワードだ。

「未来ちゃんは本当に天使だと思いますが、ぼくは天使とかじゃなくて」

「そうですか？　未来はたしかにエンジェルです。でもあなたは、ラファエロやミケランジェロが描く大天使のようですよ。気高く慈悲深く、そして美しい」

真面目な顔でそう言われて、なぜか胸の鼓動が跳ね上がる。

どうして頬が熱くなるのだろう。ここは笑い飛ばすところなのに。

「湊さんの寝顔があまりにも愛らしくて、もう帰したくないと思ってしまいました」

その言葉を聞いて、胸が高鳴った。冗談か社交辞令。それなのに、なぜかドキドキがとまらない。自分でもわからない感情の起伏だった。

「あ、あの、夕飯まだですよね。米粉と豆乳のホワイトシチューと、小松菜と豆腐の白和えを作ったんです。召し上がりませんか？」

「それは嬉しいな。ぜひお相伴《しょうばん》に与《あずか》りたいですね」

「ぼくなんかが作るよりデリのほうが、おいしいですよ」

遠慮がちに言うと、海棠は驚いた表情を浮かべた。

「とんでもない。最近は湊さんが作る食事が楽しみで、仕事を早めに切り上げています。残りの仕事は、家に持ち帰ってね。胃袋を掴まれるって、こういうことですね」

「え、でも、すごく簡単なレシピばかりだし、アレルギー用ですから」

恥ずかしくて思わず言ってしまうと、とても真摯な眼差しに見つめられる。

「簡単な調理って、本当のおいしさだと思います。料理本に沿ったレシピって、材料を調達することに気を遣いすぎて、それだけで疲れたりしますよ」

「もしかして、海棠さんも作ったんですか」

「はい。手作りのものを未来に食べさせたいと思いまして。でも材料を買いにいったら、もう面倒になってしまい、結局キッチンデリに連絡して配達してもらいました」

そこで二人で声を合わせて笑った。まさに、あるあるだ。

「でも、湊さんは頑張りやさんすぎる。もっと手を抜いても大丈夫ですよ。学校が終わってからのシッターは疲れます。無理はしないでください」

「いいえ。人の命に係わることだから、中途半端にしたくないんです」

生真面目に言ってしまって、出すぎだと口を押さえた。正義感も責任感も、他人にとっては煩《わずら》わしいものだ。慌てて別の話題を振ってみる。

「料理って、やってみると面白かったりしますよね。化学の実験みたいで。小学生の頃から電子レンジで作れるレシピを探して、作っていました。ガスは使っちゃダメと言われていたんです。シチューや野菜炒め、焼き林檎《りんご》。電子レンジで作るのは、ゲームみたいでした。父も怒るどころか、すごく喜んでくれて」

「仲のいい親子ですね」

「はい。そうだ。今日、病院に行ったら、父が寝がえりを打ったたって看護師さんが教えてくれました」

「本当ですか！」

「はい！　それと、温かいタオルで顔を拭いたら、ちょっと眉をしかめたそうです。今まで、こんなことなかったから嬉しくて」

「すごいですね。そういう積み重ねが大事だと思います。励みになりますしね」

自分のことのように喜んでくれる海棠の言葉に、心の中が温かくなる。なぜドキドキするのか理由はわからない。

この間から、自分は変だ。

海棠のことを考えると、胸の鼓動が速くなる。落ちつかなくなってしまうし、頬が熱くなってしまう。風邪に似た症状だけど、咳は出ない。

（なんだろう。病気かな。お父さんの見舞いのついでに、診《み》てもらおうかな）

なんだかドキドキしているよ。

どうしてドキドキするのかな。

例のフレーズが頭の中で、くるくる回った。とたんに恥ずかしさが襲って来る。

自分は、どうかしてしまったのか。

（ぼく、ちょっとおかしい。だ、だってドキドキする相手が海棠さんって。おかしい。ホテルのオーナーで、こんな立派な家に住んでいて、優しくて、子持ちで、渋い声をしていて、結婚してた過去があって、すごく笑顔がかっこよくて）

自分でも何を考えているかわからなくなって、しゃがみ込みそうになる。

（ぼく、おかしい！　男同士だよ！）

キメのセリフのおかげで、ようやく高揚が収まった。

当たり前のことだが、海棠は男性。自分も男。ジタバタする理由なんかない。

（お父さんが、いてくれたらなぁ。でも、お父さんに相談したら、ぜったいに見当違いの話をされるか、一笑に付して終了だよね）

ありもしない展開を考えただけで、おかしくなって笑みが浮かぶ。

でも同時に『意識は戻らない』や、『戻っても大きな後遺症が残る』と医師に言われた言葉が脳裏を過って、一気に心が暗くなる。

意地悪ではなく客観的な事実であり、過去の症例を見てきた医師の発言だ。

せっかく楽しいことを考えていたのに、急に悲しくなる。この急転直下は、人の心を疲弊させる。安らぐことができない。

父に相談なんかできっこない。父は今も、集中治療室の中だ。意識は戻っていない。

「湊さん、どうかしましたか？」

目ざとい海棠に気づかれて、滲んだ涙をどうしようかと思った、その時。

湊のスマホが着信音を響かせた。場違いなほど明るくきれいな曲。発信者を見ると、智彦が入院している病院からだ。

すうっと血の気が引く。

こんな時間に病院からの電話。父になにか起こった。良い知らせのはずがない。それは、きっと悪い知らせ。

――わるい、しらせ。

そのままペタンと床に座り込んだ。鳴り続ける電話に出なくてはいけないのに、できない。したくない。出たくない。出るのが怖い。

床に座って身動きできない湊の肩を、海棠は何度か揺すった。

「湊さん、どうしたんですか」

そうこうしているうちに、着信が切れる。呆然とスマホを見つめていた湊は、瞬きを繰り返す。今の着信は夢だったのか。

「湊さん！」

はっきりした声に呼ばれて顔を上げた。こんなバカげた夢に動揺するなんて、自分はなんてバカなんだろう。だけど。

ふたたび手の中の携帯が着信を響かせた。通知はまた病院から。

「わぁっ」

怖くて思わず取り落とす。そのスマホを拾ったのは海棠だ。彼は湊には何も言わず、通話ボタンを押してしまった。

「はい、もしもし。……いえ、私は神代湊さんの友人です。神代さんが、今ちょっと手が離せないので、代理でお受けしています。何か緊急の用件でしょうか」

話をした海棠は、「わかりました」と頷いた。

「では、神代さんにお伝えして、すぐそちらに向かいます」

そう言って電話を切ると、改めて湊に向き合った。表情が硬い。悪い知らせなのだから当然だと、身体中の力が抜ける。

「湊さん、お父さんですが」

「言わないでっ！」

両耳を塞《ふさ》いだ湊をどう思ったのか。海棠は座り込む自分のそばに膝をついて、耳を塞いでいる手を、そっと外した。

そのとたん、大粒の涙が零れ落ちる。滴《しずく》を拭うこともできずに、海棠を見つめた。

「言わないで……」

「いいえ。聞いてください。あなたは、聞かなくてはなりません」

「いや、いやだ……、お父さん、おとうさん……っ」

囁く声は、湊にとって死刑宣告にも等しい。こんなに苦しいことを聞かせる海棠は、ひどい人だと思い、すぐに違うとかぶりを振る。

（海棠さんはひどくない）

（ひどくない）

（ひどいのは――話を聞こうとしない、ぼくだ）

涙をあふれさせた湊の頬を両手で支えながら、海棠は信じられないことを言った。

「湊さん。お父さんの意識が戻りました」

「……え？」

「お父さんの意識が戻ったんです！」

□□□

それからのことは、よく覚えていない。

海棠は寝ている未来を毛布に包むと、湊と一緒に車に乗せて発進させた。途中でリストランテ柏に寄ると、柏木も車に乗せる。

「どういうことだ！　いきなりじゃないか！　ちくしょう、心配させやがって！」

ドスのきいた泣き声を聞きながらも湊は、まだまだ半信半疑だった。

だって倒れてから、二週間以上が経っている。看護師はいい兆候だと言ってくれたけど、医

者は一度として、希望が持てることなど言わなかった。

いろいろな本を読み、脳梗塞の恐ろしさを目《ま》の当たりにして何度も泣いた。絶望の淵《ふち》に、何度も立たされた。だから。だから、希望なんか抱かない。

抱いちゃいけないんだ。

そんな悲壮な決意をしていたから、とつぜん意識が回復したと言われても、認識がうまくできない。むしろ悪いことばかり考えていた。

意識が回復したとしても、ものすごい障害が残るに決まっている。医師がそう言ったのだから、間違いない。でも専門の施設になんか、絶対に入れない。

学校なんか辞めたっていい。自分が面倒を見る。

「湊さん、到着しましたよ」

海棠の声で、ハッと顔を上げる。ずっと黙っていたから、寝ていると思われたのか。

病院に到着すると、寝ている未来は海棠が抱っこしてくれた。湊は柏木に、支えられるみたいにして歩く。近づくのが怖い。父に会うのが恐ろしい。

通い慣れた病棟に到着し、エレベーターで集中治療室へ向かう。いつもと変わらぬ薄暗さ。聞き慣れた機械音。消毒液の匂い。病人の、匂い。

またしても、母の姿がよみがえる。笑って手を振ってくれていた姿。倒れていた姿。お亡くなりになりましたと言われたときの姿。

倒れそう。頭がどうにかなりそう。絶対に期待したらいけないと諦観《ていかん》する気持ちと、希望を抱きたい思いが綯い交ぜになって、おかしくなりそう。

その時そっと、背中を押す人がいた。――海棠だ。

「どうぞ、お入りください」

看護師に言われて中に入ると、いつもと同じベッドに父が寝ている。いつもと違うのは、その瞼が開いていた。

「お、う。み、みな、と」

多少の吃音《きつおん》はあったけれど、それでも湊をちゃんと認識している。

自分のことを、わかってくれている。

湊はベッドに近づくと、横になった父の手を握りしめた。

「お父さん、気分どう？」

「ああ……」

「大変だったんだよ。みんながお父さんを心配してくれてね」

「おお、そ、か」

「うん。まだまだ治療があるから、お水とかもあげられないんだ。ごめんね」

「おお」

そのあと、何かを呟いたので耳を近づけると、ようやく聞きとれた言葉に、笑いが洩れた。

それを見て柏木が声をかけてくる。

「なんだ？　智彦は何を言っていたんだ？」

「たぶん記憶がゴッチャになっているみたいで。あの、……ビールのおかわりが遅いなって」

それを聞いて柏木も、そばにいた海棠も笑いを浮かべた。湊も一緒に笑った。

「しょうがねぇな！　さんざん心配させておいて！」

「ホントですよね。おかしい。お父さんたら」

笑った拍子に、涙が零れた。

「……お父さんったら……っ」

滴はあとからあとから零れて、ぽたぽた服を濡らしていく。

とうとう立っていられずに床に座り込んで、止まらない涙を何度も拭った。そのそばに片膝をついた海棠は、湊の頭をそっと撫でる。

「よかったですね。湊さん、本当によかった」

「う、ううう、うっ、うう……っ。ううっ、う……っ」

「湊ちゃんは頑張ったもんな。えらいぞ」

柏木の声と、海棠の声。どちらもすごく優しくて、あたたかい。

そっと撫でる手から、温かさが沁《し》みていくみたいだ。次の瞬間。海棠にしがみつくみたいにして、大声で泣いてしまった。

張り詰めていたものが、一気に崩壊したみたいに。
恥ずかしい。みっともない。大人げない。でも。
嬉しい。嬉しい。嬉しい……っ。
気づくと小さい手が、湊の髪をヨシヨシと撫でていた。未来だ。
この騒ぎで起きてしまったのだろう。申し訳ない気持ちでいっぱいになる。
でも撫でられたのが嬉しくて、未来を抱き寄せ、ぎゅうっとしながら、ずっと泣いた。
こんな涙は、生まれて初めてだった。

6

いつも通り、学校が終わってから病院に行って、智彦の見舞い。

……と思ったら、病室でリハビリの真っ最中だった。リハビリと言っても本格的なものではなく、まずは身体を起こし、ベッドに座る練習から始めている。

数週間に渡る意識不明の影響は、素人が考える以上に大きい。智彦は座ることができなかった。筋力が一気に衰えていたのだ。

理学療法士が二人がかりで座らせようと、両脇から抱えているのに座ることができない。ちょっと手を離すとズルズルズルーッと滑って、ベッドに寝そべってしまう。

それでも座ろうと頑張っている。療法士たちも、根気よく付き合ってくれていた。その姿に、涙が出そうだ。

「あ、神代さん、息子さんがお見舞いにいらしてますよ」

療法士のひとりがドアの近くに立っていた湊に気づき、呼び寄せてくれる。

「こんにちは。お世話になります」

湊は療法士たちに挨拶しながら、父に近づく。うっすらと汗をかいているのに、びっくりだ。リハビリに全力投球している証拠だった。

「お、おう。み、なと」

「お父さん、頑張ってる！」

声をかけると、智彦は照れ笑いを浮かべた。

まだ言葉もおぼつかないし、座ることもままならない。でもリハビリに励む姿を見ていると嬉しくて、ニコニコしてしまう。

こんな日がくるなんて、本当に夢みたいだ。

療法士たちがベッドをリクライニングにしてくれたので、智彦はようやく楽な格好で寝かせてもらっている。

その隙に給湯室に行って、タンブラーに熱湯とティーバッグを入れたものと、熱いお湯で絞ったタオルを持って病室に戻った。

療法士たちはもう退室するみたいだ。器具やタオルを片づけていた。

「お父さん、いい調子ですよ。様子を見ながら、リハビリも午前中と午後の二回にします。よく頑張るから、回復力も凄いですね」

「わぁ、嬉しいな！　ありがとうございます！」

部屋を出て行く彼らに、頭を下げた。いつも熱の入ったリハビリに感謝だ。

「お父さん、汗かいちゃったでしょう。ちょっと顔を拭こう」

頷いているのを確認して、絞ってきたタオルで顔と首筋、それから胸などを手早く拭いて、すぐにパジャマを着せる。冷えたら大変だ。

「熱いお茶を淹れてきたけど、お水のほうがいい？」

頷いているのは、お水の意だ。吸い飲みに入れて口元に持っていくと、ごくごくと嚥下《えんか》できている。長く寝たきりだったりすると、水を飲むことも咽《む》せてしまって、できないこともあるし、誤嚥する恐れもあった。だけど智彦は、ちゃんと飲めている。それだけで、とても嬉しい。

「おいしい？」

こくこくと頷いている姿は、数日前まで集中治療室に寝かされていたとは思えない。

でも、まだうまく座れないし吃音がある。これは、ゆっくり治していけばいい。

いや、治らなくてもいい。言葉なんか、どうにでもなる。

それより。それより生きていてくれるだけでいい。

「し、仕事は、どう、なっているかな」

「うん、お父さんの友達の三鷹《みたか》造園さんにお願いしてある。すごく心配してくれて、急ぎの仕事を、ほとんど引き受けてくれた」

「悪いこと、した、な」

「今は仕事より、ちゃんと治さなくちゃ。ヨレヨレだと、誰も仕事をくれないよ」

「うん。……せ、せっかく発注もらったのに、残念、だ」

驚いたことに、こんな状況でも父は仕事の心配をしている。でも、まだまだリハビリをしなくては、仕事どころか満足な日常生活も送れない。

「焦《あせ》っちゃダメだよ。ゆっくりしなくていいから、焦らないで」

ゆっくりしなくていいと言ったら、ニヤリとされた。病人なのに病人扱いされたくないのが、智彦という人間だ。

「洗濯物、持って帰るね」

「あり、が、とう」

パジャマとか下着とかタオルとか。ぜんぶ大きなバッグに突っ込んで持ち帰り。小さいことだけど、ランドリーサービスに出すとお金がかかるので、うちで洗う。病院の地下には洗濯室もあるけど、それも使わない。

昨日、海棠から前払いだと渡された給料。最初に提示された金額の、三倍はある。さすがにこれは受け取れない。だけど返そうとしても、彼は頑として受け取ってくれなかった。労働の対価だというのだ。

「湊さんが来てくれて未来は本当に楽しそうですし、健康状態も良好です。これだけで私としては、もっとお渡ししたいくらいです」

「ぼくは何もしていないです。未来ちゃんのお迎えに行って、ご飯を一緒に食べてお風呂に入れているだけなのに、こんなにいただけません」

「未来の面倒を見てくれているのが、どれほどに助かることかわかりませんか？　それに、この金は施しではありません。労働に対する正当な報酬です。それに、お父さんへの、ささやかなお見舞いも含まれています。断る理由はないでしょう？」

戸惑ったけれど、助かったのも事実だ。智彦の先月分の仕事の報酬が入金されたので、ちょっとは潤った。でも、お金は使えばなくなるもの。いつまでも安心できない。

ありがたく受け取り、深く礼を言った。

「み、なと？」

ポケッとしていたので智彦が首を傾げている。それに「ごめん、ごめん」と謝った。

「そろそろ未来ちゃんを保育園に迎えに行かなきゃ。お父さん、何かいるものを思い出したら、忘れないうちに看護師さんに言っておいてね」

智彦は「おー」と言って手を振っている。そうしている姿は、病気になる前と変わらない。なんとなく嬉しくて、思わず笑顔になった。

海棠家へ向かう途中、八百屋さんでキャベツと大根を買い、おいしそうな林檎も安かったので追加して買っておく。

経費を預かっているが、人様のお金だ。ちゃんと扱わなくてはならない。

駅から海棠家へ歩いている間、林檎はどうやって食べるか考える。そのままでも、もちろんだしバターと三温糖を加えて、煮てもおいしい。

「ケーキかぁ。米粉でアップルパイってどうなの」

主婦のようなことを呟き、肩を竦める。主婦のような、ではなくて、本当の主婦だ。

（進路を決めろと担任の先生に言われているけど、今のぼくが進学なんて遠い国の言葉にしか聞こえないなぁ。将来とか具体的な希望もないし）

父親の状態や収入の不安定さ。おまけに自分の将来のこと。

いろいろありすぎて、うまく思考回路がつながらない。そんなことを考えながら、保育園へお迎えにいった。

いつも通り保育士さんたちに挨拶して、未来との対面。

「湊、ちゃーん！」

「みっく、ちゃーん！」

保育士さんと一緒に玄関口まで出てきた未来を、両手いっぱい広げて迎える。すると向こうも大きく手を広げて、しがみついてくる。

保育士さんは堪えきれないといったふうに笑っているが、こちらは二十時間ぶりの再会だ。外国人アクションになっても、仕方がないだろう。

「湊ちゃん！　みっくね、湊ちゃんに、あいたかったぁ」

「ぼくも！　未来ちゃんがいない世界なんて、音楽のないオーケストラも同然だよ！　未来ちゃんの顔が見られた瞬間、世界が薔薇色に輝いて、讃美歌が鳴り響くね！」

ここら辺で、そばにいた保育士さんが吹き出してしまった。

「こんにちは！　ぼく、何か変なこと言いました？」

「いえいえいえ。相変わらず、お二人は仲がよくて羨ましいです。未来ちゃんは湊さんのこと、本当に大好きなんですね」

笑いながら言われてしまったが、大好きの一言に胸がキューンとなる。文句なしに、かわいい。これが親バカというものだろうか。親じゃないのに。

「ぼくも未来ちゃんのこと、だーい好き！」

「みっくも！　みっくも、湊ちゃんダイスキ！　およめさんになって！」

「うれしい、プロポーズされちゃった！　ぜったい結婚してね。約束だよ！」

この辺りで保育士さんの震えが絶頂を超え、ぶは！　と笑われた。また変なことをしたかもしれない。早々に挨拶して、帰宅の途につく。

「あれ？」

玄関の扉を開くと、見覚えのない靴が脱ぎ散らかしてあった。

ピンヒールの靴は、どう見ても女性のもの。まさか泥棒かと身構えたが、こんな歩きにくそうな靴で窃盗に入るものだろうか。

普通に考えれば海棠の親戚か、知人だ。でも、それなら一言あってもいいのに。

「ちょっと！　なによ、あんた！」

鋭い声にハッと顔を上げると、すごい美人が廊下の奥に立っていた。

身体は細いのにバストは豊かでウエストがものすごく、くびれている。ミニスカートから伸びた脚は、すらりと長かった。

瞳が大きく、睫《まつげ》も長い。細い鼻梁《びりょう》が人形のようだ。きれいにメイクした顔は、素人離れした美しさだった。

「あんた誰？　警察を呼ばれたくなかったら、出て行きなさい。子供から手を離して！」

威圧的な声に押されそうになった。だが、自分は未来と、そして海棠の家をまもらなくてはならない。普段は大人しい性格の湊も、女性を見据《みす》えて言い返す。

「あなたこそ、どなたですか。ぼくはこの家のシッターです」

その時。湊が自分の背後に隠していた未来が、囁くように言った。

「まま……」

「えっ？」

「まま、なの」

その呟きにギョッとして女性を見ると、彼女は勝ち誇った表情を浮かべている。

「私は、その子の母親よ」

「未来ちゃん、そうなの？」

思わず湊の脚にしがみついている未来に訊《たず》ねると、小さな声で「うン」と頷く。

「す、すみません。失礼しました」

「まったく。久々に来てみたら、得体が知れない変なのが出入りしているし。なんなのよ。一磨は従業員に、どういう教育をしているの？」

一磨は海棠のファーストネーム。離婚した彼を未だ一磨と呼んでいるのは、親しい証拠だ。それに彼女はこの家の合鍵を持っている。

そのことが、湊の胸をチクリと刺した。

離婚していても信頼しているから鍵を渡したままで、自由に出入りを許している。本当に憎しみを持っていたら、家の中に入ることなど許さないだろう。

『アレルギーがある子供の育児に耐えられず、離婚届を置いて出て行きました』

あんなふうに言っていたけれど、本当はまだ繋がりは切れていない。他人ではわからない、夫婦の結びつきというものがあるのだ。

(海棠さんは、まだこの人を嫌いじゃないんだ)

そう思うと胸の奥が痛くなる。どうしてか、わからないけれど。

とても綺麗な人だ。顔が整っているだけじゃない。スタイルが抜群にいいし、垢《あか》ぬけている。すごくカッコいい。そう思うと、胸の奥がキシキシ痛む。

自分は、どうしてしまったのだろう。

すると玄関の外で、駐車場の門が開く音がした。海棠が帰ってきたのだ。

「ぱぱだ！」

未来も父親の帰宅を察して、声を上げた。すると。

「うるさいっ」

とたんに叱咤《しった》の声が飛ぶ。女性の声に未来が怯えて身体を竦ませた。

湊の背後に隠れた姿は、いつもの溌溂《はつらつ》とした子のものじゃない。湊は痛ましくなって、思わず手を繋いでしまった。

『子供にとって母親は、ひとりしかいない。そんな当然のことが、わからない人でした』

いつかの海棠の言葉が蘇る。あれは、言葉のアヤではなかったのだ。

「ただい、……どうしたんですか、みんな集まって」

海棠がドアを開けて中に入ってくると、三和土《たたき》に立ち尽くす湊と未来の姿に驚いた顔をする。

だが、すぐに廊下の奥に立っている女性の姿が目に入ったようだ。

「梨絵《りえ》、きみか。連絡もなしに家の中に入らないでくれと言わなかったか？」

今、海棠が怒っている理由が、わかる気がした。

家というのは、大切なテリトリー。気を許せない人を中に入れたくないのが人情だ。

「久しぶりに会ったのに、もう、お説教？　知らないヤツが私の子供と手を繋いで入ってきたのよ。こっちこそ驚いたわ」

その剣幕に海棠は眉を寄せる。だが、すぐに気を取り直したように、湊の肩に手を添えた。そうされて、少しだけ動悸が激しくなる。

「失礼な言い方をしないでくれ。彼は未来のシッターに来てくれている、神代湊さん。湊さん、彼女は元妻の渡部梨絵さんです」

この紹介に梨絵は眉を寄せた。

「デリカシーのない男ね。もうちょっと紹介の仕方があるでしょう。それより、相変わらずシケた家ね。お客なんだから、お茶ぐらい出しなさいよ」

「きみが立ち塞がっているから、誰も中に入れないんだよ」

海棠の一言にカチンときたらしい彼女は、ドカドカと足を踏み鳴らし、廊下を進んだ。その様子を見守っていた湊と未来に、海棠は優しい声を出す。

「湊さん、とつぜんのことで失礼しました。どうぞお入りください。未来、おかえり。保育園は面白かったかい？」

□□□

結局、リビングのソファに座った梨絵は、お茶を出されても不機嫌なままだった。

いつもならリビングで未来と遊んだり、宿題をやりながら夕食の下ごしらえをするのが日課になっていた湊は、手持ちぶさたになってしまう。

なにより未来が部屋の片隅で小さくなっている。萎縮《いしゅく》しているのだ。

湊は未来の足元に跪《ひざまず》くと、ちっちゃい顔を見上げて言った。

「今日は二階で遊ぼうか。この間のパズル、完成した？」

その言葉に目に見えてホッとした表情を浮かべた未来は、頬を紅潮させる。

「ううん。ううん、まだなの。湊ちゃん、いっしょにやろ」

「うん。いいよ」

手を繋いでドアを開けようとした瞬間、背後から鋭い声がした。

「いつ二階に行っていいなんて言ったの？　座って！」

未来は泣きそうな顔だ。どうして彼女は、こんな言い方しかできないのだろう。

「未来ちゃんは二階で遊んだり、お昼寝するのが習慣なんです。今日も疲れただろうから、寝かせてあげたいです。いいですか？」

ちょっと虚偽《きょぎ》も入っているが、ウソも方便。この場は立ち去るに限る。だけど。

「座りなさいって言ったでしょう。未来も関係ある話なの。シッターは黙っていなさい。あなた、もう帰りなさいよ！」

苛々とした声に、未来がビクビクしている。

（梨絵さんは子供が苦手なんだ）

湊は彼女に好感は抱けないが、どうしてツンツンしているかは、気になった。性格がいいか悪いかは置いておいて、梨絵は子供のことがわからない。だからイヤなのかなと思った。わからないから、そばに寄りたくないし触れたくない。

(子供だ)

梨絵の様子を見ていた海棠は、ふたたび注意をする。

「湊さんは未来のシッターだから、同席してもらいたい。未来の面倒を一任している大切な人だ。この子に関することならば、彼にも聞く権利がある」

海棠の注意に、梨絵は大きな溜息をついた。

「未来を引き取るわ。親権を、私に渡してちょうだい」

部屋の中の温度が、一気に下がった気がした。誰もが無言だったが、口火を切ったのは海棠だった。

「冗談はやめなさい。未来を捨てたのは、きみだ」

「捨ててなんかないわ。ただアレルギーのある子を、育てられないって思ったのよ」

「きみは、未来のアレルギーを嫌がり、こんな面倒な子供はいらないと言った。そればかりか、未来に暴力を振るっただろう」

「あれは躾《しつけ》よ！」

「躾だと？　手の甲の骨に、ヒビが入るほど叩く躾など許せるか！」

「加減がわからなかっただけよ。ヒビを入れるつもりなんか、なかったわ！」

　つねに紳士的で穏やかな海棠が、怒りを滲ませている。未来が怯えて湊の脚にしがみついた。その小さな身体を、湊は強く抱きしめた。

「……あの、どうして未来ちゃんを引き取りたいんですか。アレルギーは治っていません。以前と条件は変わっていないのに」

　湊が静かな声で訊ねると、梨絵は肩を竦めた。

「私、再婚が決まったの。相手は麻布《あざぶ》の開業医。超エリートよ。でも身辺調査されちゃって、バツイチだってことも子供がいたこともバレちゃったわ。ああ、もうアウトだって観念したら、とんでもない。子供を引き取ろうって言われちゃったの。だから未来が必要なのよ」

「結婚の条件が子供というわけか」

　海棠の質問に梨絵は意気揚々と答えた。

「そう。相手は無類の子供好きでね。離婚した亭主が育てているって言ったら、ムキになっちゃって。男って、どうして子供に弱いのかしら。自分で産むこともできないくせに。面倒ったら、ありゃしないわ」

　悪びれもせず言い放つ梨絵に、海棠はありえないといった表情になる。

「未来はきみのオモチャでも、都合のいい道具でもない。そのドクターの歓心を買いたくて、子供と引き裂かれた母親でも演じたのか」

こんな無礼なことを言われたら、普通の女性は怒りだすだろう。だが梨絵は違った。

「いやぁね。見てきたみたいに言わないで」

軽く笑われた。どうやら図星だったらしい。

肘かけ椅子に座っていた海棠は立ち上がり、湊の脚にしがみついている未来の頭を撫でた。優しい手つきだ。

「この子の親権は自分にある。きみが放棄しなくても、私は未来と一緒にいることを選んだ。なにより最愛の子を、きみに渡すわけがないだろう」

「あなただって仕事が忙しいでしょう？　だから私が引き取ってあげるって言っているのに。何が悪いって言うのよ？」

まったく悪びれない態度に、呆れるを通り越して感心すらしてしまった。こんなに自分の欲望に忠実な人を見たことがない。

「とつぜんすぎたみたいだから、今日は帰るわ。また今度、話しましょう」

「二度と来ないでくれ。梨絵、家の鍵はもういいだろう。置いて帰りなさい」

「そんなの困るわ。ガレージの車だってあるじゃない」

ガレージの車。赤いポルシェのことだ。海棠にしては派手だと思っていたが、彼女のものだったらしい。すばらしい車だと思うが、海棠が乗るには違和感があると思った。

「乗って帰るなら、それでもいい。きみに譲渡するよ。だから二度と、ここへ来るな」

「ひどいことを言うわね。私は仮にも、あなたの妻だったのよ」

「一時期、未来はひどい過呼吸になった。発作を起こして吐いてしまい、苦しんでいる未来を見て、きみはイヤだ、汚いと言っただろう。一生、忘れない」

なんの感情も見せない声でそう言うと、彼は梨絵をソファから立つように促《うなが》した。いつもの海棠とは、まったく違う性急さだ。

玄関から彼女が消えると、海棠は大きな溜息をついた。よほど気持ちが苛ついていたのだろう。なんだか、痛々しく思える。

ホテルのオーナーであり、自分なんかより数倍ちゃんとした大人である海棠。そんな彼に対して痛ましいと思うのは、いけないことだろうか。

未来はよほど緊張していたのか、ぐったりしている。

「疲れちゃったね。未来ちゃん、ちょっとお昼寝しようか」

「うン。みっくね、ままのこと、すきなの。でもね、くたびれちゃうの、よ」

「……そっか。起きたら、晩ご飯にしようね」

ぽんぽんと背中を叩いてやると大きなアクビをしたあと、「湊ちゃん、だいすき」と呟いて、そのまま横になり毛布をかぶった。

すぐにくぅくぅと寝息をたてる。そんな姿を見て、思わず笑いが込み上げる。そこを海棠に見咎められた。

「なにか、おかしいですか」

「あ、ごめんなさい。おかしいっていうか、二人ともグッタリしちゃって、かわいいなと思って。梨絵さんが苦手だったんですね」

かわいいと言われて、よほど意外だったのだろう。海棠は困った顔だ。

「かわいいなんて、生まれて初めて言われました」

「そうですか？　二人とも、かわいいですよ」

「かわいい。まいったな」

海棠はそう言うと、そっと手を広げ肩を竦める。

「私は強くなくてはと、思っていました。今でもそうです。強くなければ、祖父の代から続くホテルを維持できない。強くなければ、未来の父として認められない。……でも、梨絵が来ただけで、このザマです。本当に彼女が苦手なんでしょう」

「でも未来ちゃんのお母さんですから。それだけでも、梨絵さんに感謝したいです。未来ちゃんを、どうもありがとうございますって」

「未来を、どうもありがとう――。あなたは、不思議な人ですね」

「ご、ごめんなさい。差し出がましいことを言って……」

「謝らないで。素敵な語感です。未来を、どうもありがとう。すごくかわいいな」

彼は嬉しそうに目を細めると、湊をじっと見つめた。

「お願いがあるんです」

「お願い？」

「あなたを抱きしめさせてください」

いきなりのお願いに絶句した。抱きしめる。抱きしめるというと。

次の瞬間、ボッと頬が赤くなる。これは、これはハグというよりも。

「だ、だだだ抱きしめるって」

「私に触れられるのは、不愉快ですか？」

「そんなこと言っていません。不愉快とかじゃなくて、あの、……恥ずかしいから」

そう言うと、海棠は眩しいものを見る時のように、目を眇《すが》める。

「湊さんが魅力的すぎて、私のほうがドキドキします」

「ぼく、また何か変なことを言ったみたいですね」

「あなたは一度だって、変なことを言ったりしていませんよ」

彼は首を傾げるようにして、湊の顔を覗き込み、そっと囁いた。

「言い方が悪かったですね。私は湊さんを、抱きしめたいんです」

「だ、抱きしめるって、どうして？」

「抱きしめたい気持ちに、理由がいりますか？」

理由はいるんじゃないだろうか。そう言いかけたが、言葉にできなかった。

次の瞬間。ぐっと引き寄せられて腕の中に閉じこめられる。その腕は力強く、頬を押し当てた胸は、すごく逞《たくま》しい。

なにもかも許してしまいそうな、頼りがいのある胸。

「海棠さ、ん」

「何も言わないで」

そう言うと、彼は湊の髪にくちづけた。小鳥のついばみに似た、触れるだけのキス。それだけでも、腰が砕けそうになった。

でも、すぐに彼の手は湊を放した。緊張していた湊は、あまりの呆気《あっけ》なさに拍子抜けしてしまったぐらいだ。

時間にしたら、ほんの数秒。これを抱きしめるというのだろうか。

身体を離した海棠は、しばらく黙ったままだ。湊のほうが、痺れを切らして口を開く。

「海棠さんは、もしかして、ぼくのことが好きなんですか?」

唐突とは思ったが、なぜか口から変な質問が零れる。

「好きじゃない人間を家の中に入れないし、ましてや未来の面倒を任せたりしません。私は湊さんが、とても好きです。こんなふうに気持ちを言葉にしないと、ダメでしょうか?」

海棠は辛抱強い教師のように、ゆっくりと繰り返した。

ずるい。

圧倒的に彼と自分とでは、経験値が違う。こんなふうに言われて、湊が勝てるわけがない。

もちろん、海棠だって承知の上だろう。

彼にとって、自分なんか赤子に等しい。

そして海棠は、赤ん坊を甘やかすことに長《た》けていた。

「海棠さんは大人で、世慣れていて、結婚もしていたし子供もいる。ぼくなんかとは、圧倒的にキャリアが違います。なにより男同士で」

黙って湊の話を聞いていた海棠は、「ああ、そうか」と呟いた。

「あなたは、まだ子供でした。悪い意味で言っているんじゃありません。私も以前は子供でしたから、わかります。理詰めで道徳観でガチガチになってしまう、正しい生き物が子供です。でも、大人は違う」

「違うって、なにが……」

「常識も良識もあり道徳観も兼ねそなえていながら反面、猥《みだ》りがましいことも考えます。たとえば、湊さんを抱きしめたいとか。泣き出してしまうまで抱きつくして、それからゆっくり慰めて、愛を囁きたいとか」

「いつから、ぼくのことが好きだったんですか？」

「初めて出会った時から」

「初めて……、父が倒れた時？」

「あなたは、お父さんの手を握りしめ、『死なないで』と泣いていた。あの時、胸が突かれたように痛かった。次に会った時、あなたはオーキッドシンポジウムのために働いてくれて、すばらしい会場にしてくださった」

「あれは、成り行きで……」

「成り行きでも、見すごすこともできた。でも、あなたは果敢《かかん》に立ち向かってくれました。そうかと思うと、お父さんを思って泣き出してしまう弱さ。細やかさ。健気さ。高潔さ。心悲しさ。——惹かれないわけがないでしょう」

海棠はいつも紳士で、とても親身になってくれていた。父のことを思って泣いていた自分を、抱きしめて静かに、「泣いていいんです」と言ってくれる人。

それだけじゃない。お金に困っていた湊に、仕事を与えてくれた。お金持ちの彼は、大金を提示して身体を差しだせと言うことも、きっとできたはずだ。

でも、海棠は違う。

いつも穏やかで、柔らかく、そして毅然と。

湊を気遣い、慰め、励ましてくれた。

この人を好きにならずに、いられるわけがない。

海棠は湊に歩み寄ると、そっと肩を抱いた。先ほどと同じ、強引さのない静かな抱擁だ。強引でないからこそ、気持ちが伝わる気がする。

そっと髪に触れたのは、海棠の唇だ。

けして湊が嫌がるようなことはしない。優しい触れ合い。

「好きです。湊さんの気持ちを教えてください。気持ちが通じていない相手に、恋心を押しつけることはしません」

「海棠さん……」

こういうところが、かなわないと思う。

誠実で温厚で、でも、こんな熱い気持ちを秘めた人に、自分みたいな子供が太刀打《たち》ちできるわけがない。……違う。したくない。

海棠の傍にいたい。

彼の気持ちを受け入れたい。優しくされたい。優しくしたい。笑い合って、話をして、小さな未来の成長を、一緒に見守っていきたい。

この人を愛したい。愛されたい。

自分でも考えたことのない感情が湧き起こってくる。こんなふうに誰かを欲しいと思ったこともないし、思われたこともない。

この気持ちはなんだろう。この気持ちは。

「湊さん。私のことが嫌いですか。それとも」

「ぼくは、……ぼくは弱い人間で、父が倒れた時から海棠さんに頼りっぱなしでした。シッターの仕事をくれたのも父が回復した時に一緒にいてくれたのも、ぜんぶ感謝しています。でも、それだけじゃなくて、ぼくは海棠さんのことを」

この人のことを、自分はずっと。

「――――すき」

呟いたのは、自分。彼の腕の中に身を任せたのも、自分。

ぜんぶ言い終わらないうちに、唇が塞がれてしまった。海棠がこんなに強引だなんて、知らなかった。でも。

強く抱きしめ合い、何度もくちづけを交わす。初めて知る大人の恋情を、教え込まれるみたいに。

小さな子供が寝た隙に、大人たちは恋心を告白して、深く抱き合った。

7

抱きしめられて、何度もキスをした。

海棠の唇は優しくて、触れられるだけで心が蕩《とろ》けてしまいそう。

震える身体は、力強い腕に抱擁されると、ものすごく安心できる。心の奥が癒されていくみたいに感じた。

「ん、……んん……っ」

くちづけは軽いものから始まって、唇を何度も貪《むさぼ》るように深いものになる。苦しくて彼の胸を押し戻そうとした。

ようやく唇が離れると、何度も優しく触れあってくる。

海棠は、こんなキスをするのか。そう思っただけで、耳朶《じだ》が熱くなる。それを察したように耳に唇で触れられて、胸がドキドキした。

「……ごめんなさい。強引でしたね」

吐息のような囁きは、湊の心を震えさせる。こんなに甘い声を、今まで聞いたことがない。

まるで、きれいな音楽みたいだ。

「もっと時間をかけて、気持ちを伝えようと思っていたのに」

小さな声に顔を上げると、困ったような表情を浮かべた海棠と目が合った。

「もっと時間をかけてって、どういう意味ですか?」

「焦らず、ゆっくりと、大切にという意味です。だって私はあなたより年が上だし、それなりに人生経験もある大人です。だから湊さんを羽でつつみ込むように大事にしたい。あなたは私の、唯一無二の宝物なんです」

「ぼくは男だから、大事にされるって言われるとピンときません」

「気分を悪くさせてしまいましたか」

「そうじゃなくて、……そうじゃなくて」

少し不安に思うのは、海棠は自分より大人で、梨絵と結婚をしていた。それを思うと、棘《とげ》を飲み込んだみたいに喉の奥が痛い。

なにより梨絵のような、美人が好きなのかと思うと複雑だった。スタイル抜群だし整った顔だし。嫌いな男なんているわけがない。

でも、あんなに気性の激しい人と生涯をともにしようって思ったのは、なぜだろう。きれいなら、気性なんて関係ないのだろうか。

(ぼくなんかと、ぜんぜん違うんだな)

どうして海棠さんは彼女を好きになって、そして嫌いになったんだろう。

海棠さんはどうして、ぼくのことなんか好きになったのだろうか。

朦朧《もうろう》とする頭でいろんな考えが過る。

いつかは嫌いになっちゃうのかな。

梨絵さんのように嫌われる時がきちゃうのかな。

家の中に入れたくない人間に、なっちゃうのかな。

それを思うと、怖くてたまらない。

「湊さん、どうかしましたか？」

静かな声に問われて顔を上げると、おでこにキスをされた。先ほどのくちづけとは違う、子供にするようなキス。

情欲じゃなくて、愛しているという証明だった。

「好きです」

「……ぼくも」

精いっぱい返事をしてみると、ちょっと笑われた。ぎこちなかったのだろうか。それでも海棠に触れることができて、嬉しかった。

でも、どうしてか胸の奥が痛くてたまらない。

人を好きになることは苦しいのだと、初めて知った夜だった。

□□□

今日も湊は学校が終わってから、病院へ見舞いに行った。

父と話をして様子を看護師さんに確認して、身体を熱いタオルで拭いてあげる。それから保育園へ、王子様をお迎えにいく。いつも通りの、幸せなルーティン。

今日も変わらずのはずだった。なのに。

「こんにちはー。未来ちゃんのお迎えにきましたー」

保育園の出入り口でいつも通り湊がそう声をかけると、保育士がびっくりした顔で出てきた。

それから左右を見渡すように首を振っている。

「あの、どうかしましたか？」

「未来ちゃんのお迎え、今日はお母さんですよね？」

「え？」

「たった今、お母さんがお迎えにいらっしゃったんですよ。今日、シッターさんの都合が悪いからっておっしゃって……」

「それ、どれぐらい前ですか！」

保育士は湊の剣幕に驚いていた。通常、保育園は保護者以外の人物の送迎はできない。特別な事情がある場合、保護者の許可を得て送迎となるのが通例だ。

湊もちゃんと海棠が保育士に紹介してくれてある。

「ご、五分ぐらい前です。いつもはお見えにならないのに、今日はお母さんがお迎えで、めずらしいとは思ったんですが」

「海棠さんと奥さんは離婚されています。お母さんがお迎えに来るはずがない！」

その一言で状況を悟った保育士は、真っ青になった。

緊急事態を知り、すぐさま園長の許へと走る。奥から出てきた園長は湊も挨拶をしたことがある。老婦人と言っていい年頃で、いつも穏やかな人だ。

だが今はとても厳しい顔で、足早に湊の許へやってきた。

「お話は伺いました。今すぐ、園のものを捜しに行かせます。それと、海棠さんには連絡をさせています。場合によっては、警察に通報しなくてはなりません」

警察と聞いて湊は身体を固くする。そんな大事《おおごと》になるのか。

「ぼくも捜します。お母さんは、何色の服を着ていましたか？　車で来園してましたか？」

保育士は真っ青な顔色のままだったが、すぐ立ち直り特徴を教えてくれる。

「車ではなく、徒歩で来園されました。お洋服は真っ白なパンツスーツに、黒いブラウス。すごく高いハイヒールを履いていらっしゃったので、子連れだから歩きにくいだろうなって思ったのを覚えています。園を出て、左側に曲がっていきました」

「わかりました！」

梨絵は湊と入れ替わりに園を出ていた。五分ぐらい前というし子連れだから、まだ近くにいるはずだ。そう思って走り出した。

園を出て左折と言われて、その通り追いかける。

だが閑静な住宅街の広い道路には、子連れの人影はない。

「どうしよう、海棠さんに連絡を……、いや。園長さんが連絡してくれるって言ったから、それより二人を捜さなくちゃ」

誘拐。連れ去り。拉致《らち》。人さらい。かどわかし。

嫌な言葉が次から次へと浮かび、不安ばかりが煽られる。

大きな住宅街を抜けると、大通りになり人通りも多くなる。そこからタクシーなど拾われては、もうあとを追えない。

とりあえず大通りに出よう。そう思った矢先、公園が目に入った。駐車場を備えた大きな公園だ。奥にはアスレチックもあると聞いたことがある。

その脇の駐車場に、見覚えのある赤いポルシェが駐車していた。

（あの派手な車は確か……）

今にも走り出しそうな車に近寄ろうとすると、子供の泣き声がした。

聞き間違えようがない、愛しい子の声だ。

（未来ちゃん！）

車は窓が開けっぱなしだ。小さな子の泣き声と、ヒステリックな女性の声が響く。

「どうして食べないのよ！　お腹が空いたって言ったのは、あんたよ！」

湊は車の前に回り込むとボンネットにバンッ！　と両手をついた。

運転席に座っていた梨絵が、びっくりした顔でこちらを凝視している。

「未来ちゃんを返してください！」

「な、な、なによ、あんた……っ」

「未来を返して！　返せ！」

湊の声に反応して未来が窓にしがみつき、叫んだ。

「湊ちゃんっ！」

その声を聞いてホッとしたのも束の間。助手席のシートには、よくコンビニで売っているようなホットドッグが、袋に入った状態のまま転がっているのが目に入る。

それを見た瞬間、これ以上ないぐらい頭に血が上った。

自分の子が連れ去られるのと同じぐらい憎しみが湧き、激昂《げっこう》して叫ぶ。

「ぼくの未来に、何を食べさせようとしたんだ！」

毒。かわいい未来を殺す毒。

そんなものを食べさせようとするなんて許せない。母親のくせに。未来のアレルギーを知っているくせに。知っているくせに！

その時。怒りを制御できなかった湊が怖かったのか、梨絵がアクセルを踏んでしまった。勢いで湊の身体がボンネットの上に弾き飛ばされる。

「わぁっ」

そのままアクセルを踏み続けられていたら、大惨事になっただろう。

だが梨絵は咄嗟《とっさ》にブレーキを踏み、サイドブレーキを引いた。

車は激しく揺れたが、そこで停まった。エンジン音も停止している。

十数秒の出来事だが、ワイパーにしがみついていた湊は、ぞーっと冷や汗を流した。

「……うわぁー……」

車内を見下ろせば、梨絵も血の気が引いた顔で湊を見つめている。もう少しアクセルを踏み込んでいたら、湊を乗せたまま走り出していたかもしれなかった。

未来も湊を見あげて、びっくり顔だ。

「湊！」

聞き慣れた声に振り返ると、そこには真っ青になった海棠の姿があった。

ボンネットの上に乗り上げている湊と、硬直している梨絵が目にはいったのだろう。怒りを瞳に滾《たぎ》らせた表情で走ってくる。

「湊、無事か！」

「海棠さん……っ」

つねに礼儀正しい彼が激しているのが怖くて、そして――嬉しかった。

海棠はボンネットの上に座り込んでしまった湊へ、両手を差しのべてくれる。ガクガクと震えながら、その腕にしがみついた。

「湊、ケガは？　どこもケガをしていないか。痛むところは？」

「な、ない、ないです。大丈夫、だいじょうぶ……」

震える声で答えたが、ボンネットに乗っているのは、すごく怖い。彼の手を借りて、地面に下ろしてもらったが、脚が震えている。

梨絵の土壇場での判断が、大きな事故になるところを防いだのだ。

海棠は湊を車から離れたところへ座らせると、助手席のドアを開く。そして大切な子供を抱きしめた。未来は気丈にも泣き出していない。

「ぱぱぁ！」

「未来、あぁ、未来……。よく無事だったね。よかった。本当によかった」

湊は震える脚でなんとか立ち上がり、海棠と未来の許へと歩み寄る。そして、小さな子供を、しっかりと抱きしめた。

「未来ちゃん。未来ちゃん。無事でよかった……っ」

「みっく、びっくりしちゃった！」

「え？　びっくりって、何が？」

「だってね、湊ちゃん、おそらをとんだの！　ピューン！　って、バーン！　って！」

「いや、それは飛んだんじゃなくて」

「すごいのね、カッコいい！　湊ちゃん、まほーつかい？」

この間、一緒に観た映画の影響か。湊が空飛ぶ魔法使いに見えたようだ。

「未来ちゃん、ぼくは魔法学校には行ってないし、魔法使いでもない。……もう、心配したんだよ。本当に、ほんとうに、無事でよかった……っ」

ぽろぽろ涙を零しながら言って、ふたたび未来を抱きしめる。涙に濡れた目を開き車内を見ると、ホットドッグが床に転がっていた。

「未来ちゃん。パンを食べなかったんだね。偉いぞ。……本当に偉いぞ」

「うン！　湊ちゃん、ぜったいダメってゆった。だから、みっく、たべなかったよ！　だって湊ちゃんエーンってなるの、みっくヤだもん！」

たどたどしく話す子が愛おしくてたまらない。

「ありがとう……っ、未来ちゃん、ありがとう。ありが、とう……っ」

海棠はそんな二人を強く抱きしめると、運転席に座り込み、ハンドルにすがりつくようにして顔を伏せている梨絵を睨《にら》みつける。

「親権欲しさに誘拐か。どこまでも見下げ果てた女だ」

軽蔑しきった声にも、彼女は身動きしなかった。

「今後、我が家にも未来にも近づくな。姿を見かけたら、法的手段に訴える。本気だ」

そう言われて、ようやく彼女は顔を上げた。乱れた黒髪と赤い口紅が人形のようだ。

「……私は、未来の母親よ」

「だが親権はない。私は近づくことを許していない。そして保育園から違法に子供を連れ去った。きみは親権を主張できない」

「ちょっと借りただけよ。騒がなくたって、すぐに返してやったわ。婚約者に会わせたかったのよ。それぐらいいいじゃない。私は母親よ！」

激高する梨絵をどう思ったのか。海棠はありありと侮蔑の表情を浮かべている。

「借りただの返すだの、未来は物じゃない。ひとりの人間だ。きみが男だったら、間違いなく立ち上がれなくなるまで殴っていた。女性であることに、感謝してくれ」

彼女はその威嚇《いかく》をどう思ったのか。バッグを肩にかけドアを開けて降車すると、振り返りもせずに歩き出した。

だが、歩き方が変だ。大きく足を引きずって歩いている。

その理由は、すぐにわかった。

（ハイヒールが折れている）

湊をボンネットに乗せて車が走り出そうとした時、ブレーキを踏み込んだせいだ。その梨絵の背中に、海棠が大きな声を出す。

「車は、どうするんだ。わざわざ我が家から持ち出したんだろう」

「借りただけよ。返すわ。私、赤い車なんて大嫌い」

梨絵はこちらに戻ってくると、キーホルダーのついた鍵を海棠に手渡した。赤と黒と黄色で配色された、ポルシェのモチーフの鍵だ。

値段にすれば数千万円はする車の鍵を、彼女は忌々しそうに睨むばかりだ。

鍵を受け取った海棠は拍子抜けしたのか、怒気の抜けた声を出す。

「きみが車種から色から指定して買った車だ」

「別に、どうでもいいわ。とにかく赤い車はキライだから」

彼女はそれだけ言うと、今度こそ振り返りもせずに歩き出す。その彼女を見て、湊はダメだと思った。このまま彼女を行かせてはいけない。

だって、あの人は未来を産んでくれた人なのだから――――。

「待って！」

聞いたこともないぐらい、大きな声が出た。湊は梨絵に走り寄ると、いきなり靴を脱ぎ始める。何が起こったのかと、その場にいた全員が呆気に取られた。

口火を切ったのは梨絵だった。

「……何をやっているの？」

「その靴じゃ危ないです。これ、履いていってください」

そう言って脱いだスリッポンを差し出した。当然のことながら彼女はかぶりを振る。

「いらないわ。汚いもの」

この人の心を知らない発言。確かにハイブランドの服を身につけている人間からすれば、男子高校生の履いていた靴など論外だろう。

しかし、湊は暴言にも挫《くじ》けない。なおも靴を差し出した。

「き、汚いかもしれないけど、踵《かかと》が折れた靴よりマシです」

「私に靴を譲って、あなたはどうするの？」

「保育園が近いから、サンダルとか貸してもらいます」

「なにそれ。気持ち悪い」

その返しに驚いたが、彼女は大真面目らしい。

「私、人が触った物はイヤなの。だって不潔でしょう。子供も同じ。ベタベタしているし、抱きついてくるし。汚いって思わない？」

「子供は、それが仕事ですから」

「優しいのね。私は大キライ。でもそう言うと母親のくせに自覚が足りないって、みんなが私を責めるわ。母親でも、イヤなものはイヤなのよ。それって、悪いことなの？」

「……えーと。お話より、まず靴をどうぞ」

「本当にイヤなの。わからないでしょうけど」

　なおも靴を勧めると、とことんイヤそうな顔をされる。カッコつけでなく、本気で人が触れたものがダメらしい。

「踵の折れた靴で、電車に乗るんですか」

「タクシーに決まっているでしょう。だから、不格好な靴でもいいのよ。誰も私のことなんて、どうでもいいんだから」

「それって、どういう意味ですか」

「ちょっと見た目がよくて面倒がない、あとくされのない女。連れて歩くと自慢できる女。それぐらいの意味しか私にはないわ。だから、みんな私のことなんて、どうでもいいの。一磨だってそうよ」

　ポツンと呟いた一言が気になって湊は梨絵を見た。だが無表情な上に、大きくて目立つサングラスをかけられてしまい、表情が見えなくなってしまう。

　目を隠すとスタイルがよすぎるせいもあって、サイボーグみたいだ。

「ままっ！」

　微妙な空気をかき消したのは、未来だ。

　海棠と手をつないでいたが、それを振りほどいて、梨絵の許へ走ってくる。

「何か用？」

「あのね、かってくれたホットドッグ、たべなくて、ごめんなさい」

「は？」

「みっくね、パンたべるとゴホンゴホンするの。そいでね、しんじゃうの！　だからね、おうちで湊ちゃんがつくってくれるパンしか、たべちゃダメなの。でもね、ままが、キライじゃないの。キライじゃないからね！」

仁王立ちでママ嫌いじゃない宣言をする未来は、頬が林檎だ。たぶん、ものすごく勇気をかき集めていたのだろう。

梨絵はそんな我が子をどう思っているのか。

サングラスのせいで表情は見えない。ただ一言、呟いたのは。

「うっざい……」

それだけ言うと、走ってくるタクシーに手を上げた。

停車した車に乗り込んだ彼女は、もうこちらに視線を向けることなく去っていく。冷たいようだけど、たぶん梨絵にとっては精いっぱい。

——精いっぱいなのだ。

「未来ちゃん。ママはね、未来ちゃんのこと大好きだよ。ただね、恥ずかしがりやで面倒がりやだから、好きでも、好きって言えないんだ」

むーっとなっている未来を背後から抱きしめると、淋しそうに呟かれる。

「ままは、みっくのこと、キライじゃないの？」

「嫌いどころか、大好きって言っているのと同じだよ。ママは、人に愛されたことがないのかもしれない。だから、どうやって愛を伝えていいか、わからないんだ。……いちばん苦しいのは、梨絵さんだろうな」

さみしい。かなしい。くるしい。つらい。

彼女は、人には理解されないものを山のように抱えている。でも湊なんかに、ぜったいに弱音を吐くはずはない。

梨絵は孤独だから、あれほど美しいのか。

湊は考えても仕方がないことを、いつまでも胸の中に閉じ込めていた。

□□□

「未来ちゃん！　よかった、見つかってよかった！」

梨絵が乗ったタクシーを見送ったあと、三人で保育園に戻った。保育士は大粒の涙を浮かべて、未来に抱きついた。

園長も慌てて奥から出てきて、大きな溜息をつく。そして海棠に深々と頭を下げた。

「今回のことは、まことに申し訳ございませんでした。当方の手落ちです。どのようなお叱《しか》りもお受けいたしますので」

「いえ。こちらも妻と離婚したことを、報告していませんでした。悪いのは私です」

海棠はそう言うと、未来を抱きかかえて泣いている保育士に頭を下げる。

「先生方には多大なご心配とご迷惑をおかけしてしまい、申し訳ありませんでした」

保育士は一瞬だけ見惚れたように顔を真っ赤にしたが、両手を横に振る。

「と、とんでもありませんっ！　本当にすみません、すみませんでした！」

毅然とした海棠は、ひいき目抜きにしても相当な美男子だ。その人に頭を下げられたら、真っ赤になるのも致し方ない。

「ねぇねぇ、ぱぱぁー！　みっく、パンダちゃん、みたーい！」

とつぜんの宣言に、その場にいた全員がポカンとする。どうやら早い時間に父親がいる幸運を逃すまいとしているのだ。

「行くのはいいが、もう夕方だよ。パンダちゃんはお部屋に帰る時間じゃないか」

「えぇっ」

湊が携帯で調べると、確かに入園終了は十六時。今からでは、間に合いそうもない。

「パンダちゃんは、あと五分ぐらいで、おうちに帰ります」

衝撃を受けた未来は、肩を落としている。こんなに絶望する園児もめずらしい。

「パンダちゃん……。パンダちゃん。……ぅうう～」

目をウルウルさせて上野《うえの》のパンダちゃんに思いを馳せる未来は、なでなでして抱っこして、チューしたいぐらい愛らしい。

湊と海棠は顔を見合わせて、笑い出してしまった。

ほんの数十分前まで、この子を捜して絶望的な気持ちになっていたのに。あんなに苦しい思いも、絶望も、悲しみも、すべてが嘘みたいだ。

「ねぇねぇ、パンダちゃんクッキー焼こうか。米粉と無塩バターとお砂糖で」

えっ？　という顔をしている未来に、湊はニコニコして言った。

「あとはパンダちゃんおむすびかな。ご飯と海苔《のり》で作るの。すっごくかわいいよ」

「かわいいのっ？」

「うん。食べるのもったいないぐらい、かっわいいよ」

「たべたい！」

「じゃあ、おうちに帰ろうか。上野のパンダちゃんは、また今度ね」

「うン！」

あざやかな子供あしらいで未来のハートを掴んだ湊を、海棠が賞賛する。

「湊さん、すごいです。未来は普段は大人しいが、グズると、そりゃあ長くて」

「湊」

「え？」

「さっき、車のボンネットに飛ばされた時、海棠さんはぼくを湊って呼び捨てにした」

「あ、それは失礼しました。とっさのことだったから、つい」

「ううん。いいの」

「え？」

聞き返されて、すごく恥ずかしい。耳がすごく熱い。きっと、真っ赤になっている。それが恥ずかしくて、俯いた。

でも、手は海棠の上着の裾を掴んでいた。

「ぼくのこと、湊って呼んで」

「湊さん」

「海棠さんには、湊って呼ばれたい」

一気に言ってしまってから、はーっと大きく溜息をつく。子供っぽいけれど、息が止まりそうだったからだ。

「じゃあ、私のことも一磨と呼んでくれますか」

「え、それはヤだ」

「なぜです」

「海棠さん、大人だし偉いしホテルのオーナーだし。そんな人、呼び捨てできません」

そう言って未来の手を繋ぐと、先に歩き出した。

「パーンダちゃん、パンダちゃんクッキー」

でたらめな歌を歌っている未来と手を繋いで、仲良く歩く。真っすぐ歩く。

振り返って海棠を見ることは、怖くてできなかった。

8

三人は海棠家に戻ると、パンダちゃんクッキーとパンダちゃんおむすびを作って食べた。それから湊は、いつも通り未来とお風呂を使い、髪の毛を乾かしてあげる。

ふわふわ、しっとり、ぷくぷく、ぷー。

(子供って面倒で大変なことが多いけど、触っているだけで、なーんか幸福になれちゃうなぁ。世のお母さんも同じ気持ちかな。――――ううん)

『私、人が触った物はイヤなの。だって不潔でしょう。子供も同じ。ベタベタしているし、抱きついてくるし』

どうしても好きになれなくて、苦しんでいる人もいる。……きっと、大勢いる。

自分が幸せだからって、他の人も同じだなんて思うのは、傲慢《ごうまん》だ。

思わず考え込んでしまっていると、ちょんちょんと突《つつ》かれる。

「湊ちゃん……」

「はい、なぁに？　どうして、しょんぼり顔になってるの？」

しゃがみ込んで目線を合わせてあげると、首にしがみついてくる。シャンプーの匂い。

「湊ちゃん、湊ちゃんは、どこにもいかないで、ね」

不安げな声で囁かれて、胸が苦しくなる。きっと先ほど見た母親の姿に、心を痛めているのだ。幼児は心の機微に敏感だから。

「どこにも行かないよ。クビにならない限り、ぼくは未来ちゃんのものだもん」

「クビって、なぁに？」

「雇用関係を解消されること。……いやいや。えっとね、未来ちゃんのパパが、ぼくをいらないって言ったら、バイバイしなくちゃならないってこと」

「えぇっ！」

未来は大きな声を出すと硬直し、湊を見つめる。そして、いきなり脱衣所のドアを開けるとリビングに向かって、とたとた走り出した。

「未来ちゃん、どうしたの？」

湊がバスローブを引っかけて後を追うと、未来は父親の膝にすがりついている。

「ぱぱ、ぱぱ！　湊ちゃんに、いらないって、いっちゃダメ！」

「……なんのことだ？」

スーツを脱いでセーターとジーンズに着替えていた海棠は、ドキッとするほど恰好がいい。脚が長いからカジュアルなスタイルが、ものすごく似合うのだ。

（うわー……、すっごい格好いい）

戸口に立ち尽くし彼に見惚れている湊は、傍《はた》から見たら、恋する乙女だ。

「湊さんをいらないって、なんのことだ？」

ボーッと見惚れている間に、事情がわからない海棠は未来に訊ねていた。

「ぱぱが、いらないってゆったら、湊ちゃん、いなくなっちゃう！」

「どういう経過で、そんな話になっているんだ。……いやいい。未来はもう寝なさい」

「やだっ！　湊ちゃん、でていかないってゆうまで、やだっ！」

「まぁ、そうだろうね。……湊さん、未来を寝かしつける秘策はなんですか」

「秘策？　えぇと、湯冷まし飲ませて、背中ポンポンでしょうか。代わります」

子供を抱き上げると、よいよいと身体を揺すってあげる。しばらく愚図《ぐず》っていたが、指をしゃぶり始めたので寝室に連れて行くことにした。

「すみません、ちょっと上で寝かしつけてきます」

そう言ってドアを開けると、背後から海棠の声がした。

「話があるので、なるべく早めに戻ってきてください」

「……はい」

話とはなんだろう。わからなかったが、とりあえず未来を抱いて二階に上がった。ベッドに入れても、むちむち愚図っている天使にチュッとすると、とたんに機嫌が直る現金さ。

「え、えへへ……」

真っ赤になった未来の頭を撫でて、毛布をかけてやる。

「あのねぇ。みっくは、湊ちゃんじゃなきゃ、ヤなの」

「ありがとう。ぼく未来ちゃんが大好きだよ」

いつものベタベタチュッで抱きしめて、ようやくオネムになってくれた。お布団ポンポンで眠ってしまう。寝つきのよさに感謝だ。

部屋を出ると、浴室の灯りが点いている。海棠が使っているのだろう。

キッチンに戻ると、食器が洗ってある。この気遣いは、さすがだと思った。

しばらくすると、海棠が部屋に入ってきた。濡れた髪で、白いTシャツにジーンズ。

「すみません。お待たせしました」

「大丈夫です。海棠さん、パジャマに着替えなかったんですか？」

「湊さんがいるのに、パジャマはひどいでしょう」

生真面目に返されて、思わず笑ってしまった。だけど、ちょっと淋しい。

（やっぱり、湊さんなんだなぁ）

そう思いながら俯いてしまうと、海棠はその顔を覗き込んでくる。

「どうしましたか」

「……ううん。湊って呼んでくれないなぁって思っただけです」

「湊」

　いきなり呼び捨てにされて顔を上げると、真摯な眼差しで見つめられていた。

「さっき、梨絵と話をしていたでしょう。何を言われましたか」

「えーと、『みんな私のことなんて、どうでもいいの。一磨だってそうよ』って」

「それを聞いて、湊はどう思いましたか」

「悲しいことを言うなって、ぼくのほうまで悲しくなりました。……海棠さんは、どうして梨絵さんと結婚したんだろうって」

　よみがえる淋しそうな声。あんなふうに孤独を覚えるのは、つらすぎる。

　海棠はしばらく無言だったが、意を決したように話し始めた。

「結婚した理由は、彼女が妊娠したからです。その時の子が未来です」

　海棠のイメージとほど遠い一言に、ちょっと首を傾げてみせる。

「えぇと、……授かり婚ですね」

「さすが湊さんは、言葉がきれいだ。世間では、デキ婚と揶揄《やゆ》されましたよ」

「なんの関係もない人たちなのに、そんな言い方をするなんて失礼です」

「ありがとう。梨絵は二十代そこそこで、派手で遊び慣れていて、……とても淋しがりやでした。子供ができても喜ぶどころか怖がって、堕胎《だたい》を考える人だったんです。だから結婚しました。人生は怖いものではないと、彼女に言いたかった」

彼はそう言うと、小さく溜息をつく。とても悲しそうだった。

『ちょっと見た目がよくて面倒がない、あとくされのない女。連れて歩くと自慢できる女。それぐらいの意味しか私にはないわ』

そんなふうに嘯《うそぶ》いていた人。大事に、大切にしてくれる人と出逢ったのに、その価値がわからず放り出してしまった、悲しい人。

「梨絵さんのことが、好きだったんですよね？」

「……彼女の危うい、尖ったガラスみたいなところに魅《ひ》かれていました。でも、私は信頼をしてもらえなかった。彼女はいつも『男なんて大嫌い』と言っていた。手に入ると放り投げてしまう子供と一緒です。男が嫌い、赤い車が大嫌い」

海棠はそう言うと、湊の髪にキスをする。

「あなたと出逢って、すぐに心惹かれました。明るくて健気で優しくて、脆《もろ》く、そして強いあなたが愛おしくてなりません」

そっとくちづけられて、思わず涙が浮かぶ。

「ありがとう……」

小さく囁いて、彼の胸に頬を寄せる。

ありがとう。こんなに弱い自分を好きになってくれて、ありがとう。

心安らげる場所を作ってくれて、ありがとう。

ありがとう。

□□□

抱き合ってキスをして。寝室に行くことも、もどかしくて。二人でソファに倒れ込み、くちづけを交わした。

海棠の、さらさらの肌が気持ちよかった。何度も触れて、自分からもキスをした。

恥ずかしいって感じる前に、抱き合っていたかった。

「や、あ、ああ、いく、いっちゃ……っ」

ソファの上で大きく脚を広げられ、性器を擦り上げられて、甘い悲鳴が洩れる。

すぐに追い詰められて、とろとろになった。

「だ、だめ。こすらない、でぇ、いっちゃう、いっちゃうよぉ……っ」

そう哀願しても、海棠は愛撫を止めてくれなかった。

濡れた音。自分の性器から滲んだ体液が、いやらしい音をさせている。

そう考えるだけで恥ずかしい。だけど、とめられない。

「いっちゃ、……いく、いく、ぁああ……っ」

身体を強張《こわば》らせて高い声を出すと、強く抱きしめられた。

「かわいい、湊、いきなさい。……ほら」

握られた性器を、さらに擦り上げられる。ゾクゾクと震えが走って、必死で抱きしめてくる身体にしがみついた。

「あ、ああ、――――……あ、あああんん……っ」

甘ったるい声と共に、人の手の中に吐精してしまった。

「だめ、よごれちゃう。こんなのダメ、ダメ……っ」

必死で何かを口走ったけれど、海棠は手を離してくれなかった。自分の精液で彼の手が濡れていく卑猥な様子が、涙が滲んだ目に映る。

「ご、ごめん、なさい……」

ベタベタに汚れた手を見て、恥ずかしさで、いっぱいになる。

吸い寄せられるみたいに顔を寄せ、濡れている彼の指先に舌を伸ばした。

「湊……っ」

きれいにしたくて、夢中で指を舐めた。

いやらしい匂いと味に身体が竦んだけれど、海棠の手をきれいにしたかった。

長い指が濡れているさまは、たまらなく煽情的で、見ているだけで頭の中が熱に浮かされたみたいだ。

「湊。もういい、舐めなくてもいいです」

海棠はそう言うと、精液で濡れている湊の唇を唇でふさぐ。きっと匂いや味がしているだろう。それでも彼は唇での愛撫を止めようとしなかった。

「私はきみが欲しいです。この想いを遂げてもいいですか」

「お、想いを遂げる？」

「そう、私は今、こんな状態になっています」

見てくださいと言いながら、海棠はソファに座り直すと、ジーンズのジッパーを開ける。すると、大きく屹ちあがった性器が目に入った。

自分だって先ほど勃起したあげく、吐精している。淫靡《いんび》さではお互い様だ。でも目の前の性器は、大きさも形も違う。大人の男のものだった。

「これを、あなたの身体の中に挿《い》れたい。許してもらえますか」

あくまでも彼は、湊の意思を尊重してくれている。押し倒して強引にしようと思えばできるのに、無理強《じ》いはしない。

そんな海棠が、すごく好きだ。

「はい。ぼくも、海棠さんが欲しい。……ほしいです」

そう囁くと、すぐに唇を奪われた。喰い尽くされそうな、荒いくちづけ。

それが、よかった。

彼の腰を跨《また》ぎ、大きな性器を後ろへと当てられた。さきほど湊が吐き出してしまった精液が塗りこめられているので、ぬるぬるする。

「あ……っ？　あ、あ、……ああ……」

大きなものが、身体を割り開いていく。その圧迫感に思わず声が洩れた。

「あ、あぁあ……っ」

考えたこともない、そんなものが侵入してくる。

「や、や、やぁ、だ……、やだぁ……っ」

思わず息を吸い込むと、こわばりが解けたのか挿入が深くなる。

「あああぁ……っ」

おおきい。かたい。くるしい。もうやだ。もうやだ。おおきい。

苦痛から眉をしかめてしまうと、優しい唇が湊の顎《あご》に触れてくる。

「つらい、ですか？」

思いやってくれる声を聞いて、身体から力が抜ける。

(これは海棠さんなんだ……)

自分を貫いて苦痛を与えているのは彼。でも、けして湊を痛めつけるためじゃない。好きでいてくれるから。好きだから。だから。

「愛しています、私の湊」

ふいに囁かれて緊張が解ける。

「あなたは、私に大切なことを気づかせてくれた。癒しと、そして愛情です。未来を愛し慈《いつく》しんでくれるあなたが、愛おしい」

「海棠さ……」

そう言うと、海棠は深く侵入してくる。痛いはずなのに、湊の唇から甘い声が零れた。

「は、ぁああ、……あああぁ……っ」

その甘い声に反応したのか、硬い性器が深く貫いてくる。

痛みはない。ただ、その硬さが愛おしい。

「お、っきい……、おっきいよぉ……っ」

「湊、ああ、最高だ。こんな深く私を受け入れてくれるなんて。かわいい子。もう二度と離さない。湊、愛しています」

何度も頬や顎、唇、額、瞼にキスをされる。それだけで身体が甘く震えた。

両脇の下に手を差し入れられ、何度もゆすり上げられた。

「ゃああ、ああ、ああ、あんん……っ」

「気持ちいいんですね。ほら、また溢《あふ》れています。もっと湊のいやらしい姿を見せて」

「あああ、やだぁぁ、ああ、だめ、だめぇ」

頭と身体が、とろとろになる。自分のものじゃないみたいに蕩け出す。

「いい。いい。きもちいぃ……っ」

甘ったるい声を上げると、体内に挿入された海棠の性器が、また硬くなった。それが気持ちよくて、淫《みだ》らに身体をくねらせる。

「いく、またいくぅ。ああ、やだ、ひとりじゃやだ、ああ、ああああ……っ」

「湊、私もです。いこう、いっしょにいこう……っ」

耳朶を噛まれて、背筋を反らせた。いやらしい声が溢れて、何も考えられない。

突き上げられて身体が跳ねる。狭間《はざま》が硬いものを咥《くわ》え込んで、悦《よろこ》んでいる。その淫らさが、頭の芯を痺れさせる。

「だめだ。もう持たない。一度、抜かせてください」

「い、いや。だめ、ぬかないで、いやだ……っ」

必死で声を上げて、挿入されている性器を咥え込む。初めて男を受け入れたとは思えない。そのひたむきな姿に、彼は震えていた。

感動していたのだ。

湊は厚い胸板に額を擦りつけ、いやらしく腰を蠢《うごめ》かした。

「湊、——湊……っ」

「ひぁ……っ」

海棠の淫らな抽挿《ちゅうそう》に、とうとう湊は二度目の吐精を迎えてしまった。その瞬間、挿入されていた海棠も、欲望を爆発させる。

おびただしい精液が体内に叩きつけられるのを、湊はぞくぞくと震えながら味わった。

（あつい。……あつい）

総毛立つ感覚に、身体が震える。身体中が海棠の体液で満ちる幻覚に襲われた。

甘ったるい享楽は、終わりなく湊の身体を滾らせる。

（すっごい、きもちいい……）

終《つい》ぞ感じたことがない快楽に、身体が囚われていく。

ようやく身体を起こした彼が、ゆっくりと性器を引き抜いていく。精液と共に引き抜かれる感触。湊はまた、小さく震えた。

「あ、あぁ、あ……っ」

やっと性器を抜いたあと、海棠は湊を強く抱きしめた。

「湊、湊……、愛しています」

先ほども囁かれた愛の言葉。それが、震えるほど嬉しかった。

「ぼくも……、ぼくも一磨を愛しています」

そう呟き、抱きしめる彼の胸に、チュッとキスをする。

「今、なんて言いましたか。私の名を、呼んでくれましたね？」

改めて訊き返されると、ものすごく恥ずかしい。

海棠の腕の中に顔を埋めるようにして聞こえないフリをする。彼はそんな湊の耳殻《じかく》を噛むようにして、何度も囁いた。

「湊、ねぇ、もっと一磨と呼んでください」

「────やだ」

「なぜですか。ねぇ、もう一度だけでもいいですから」

「やだったら、やだ。恥ずかしい。もう言わないから」

くすくす笑われると、耳が真っ赤になるのがわかる。もう恥ずかしくて、消えてしまいたかった。だが、次の瞬間。

「未来ちゃん！」

ガバッと跳ね起きた拍子に、海棠の顎に頭がぶつかってしまった。

「いたた……っ」

「ご、ごめんなさい、未来ちゃんの声が聞こえて、慌てちゃって！」

「未来の声？　そんな声は聞こえな……」

海棠がそう言ったのと、子供の泣き声が聞こえたのは同時だった。

「驚いた。本当に泣き声がしている」

湊はヨロヨロと起き上がると、脱ぎ捨てられたバスローブを拾い上げ慌てて着こんだ。ドアを開くと、階段を通して子供の泣き声が響く。

「未来ちゃん、あ、あいたたた」

酷使した腰を押さえ、ぎこちない足取りで階段を上る。背後から慌てた海棠が追ってきた。

「湊、私が行きます。あなたは寝ていなさい」

「ううん。この泣き方は、ぼくじゃないとダメです！」

頑固に言い張って階段を上ると、踊り場に未来が座り込んで泣いていた。

「未来ちゃん！　どうしたの。どこか痛いの？」

声をかけると泣きながら、未来が湊を見た。

「湊ちゃん、どっか、いっちゃったのかって、おもったぁ」

そう言ってポロポロ大粒の涙を零す未来がかわいくて、湊はぎゅうっと抱きしめた。

「どこにも行かないよ！　ぼくは、未来ちゃんとずっと一緒だからね！」

「ずっと、いっしょ？」

「うん。ぼくは未来ちゃんと一緒にいるよ」

「じゃあ、みっくのママになってくれる？」

「もちろん。ママでもお兄ちゃんでもお嫁さんでも！」

「およめ、さん？」

「お嫁さんでも！」

以前も、こんな会話をしていなかっただろうか。

既視感が湊の脳裏を過る。それでも、泣いている未来を宥《なだ》めるほうが先決だと思った。

未来を抱きしめていた湊には見えなかったのだが、あとで海棠は言った。

「あなたがお嫁さんになるって言った瞬間。未来の目がキラッと光り『してやったり』といった顔になりました。あれは三歳児の顔ではありません」

「何を言っているの。おっかしい」

湊は笑って相手にしなかったが、父親の目線は我が子をちゃんと捉《とら》えていた。

この日を境に海棠と未来は、果てしない恋敵《こいがたき》へと変貌する。

何も知らぬのは、呑気《のんき》な湊ひとりだった。

愛が、とろりとなりまして

1

なんだかドキドキしているよ。

どうしてドキドキするのかな。

「湊ちゃん！　みっくと、けっこんちて！」

幼児は今日も、朝から元気。

湊は、にこやかに求婚者に向かって微笑んだ。

熱烈なプロポーズの相手は、港区某保育園すずらん組、海棠未来ちゃん御年《おんとし》三歳。求婚されているのは、神代湊。都内の高校に通う三年生。

湊と未来の二人は、将来を誓い合った仲。未来はもちろん本気だが。

……が、湊には、ちゃんと恋人がいる。

もちろん、未来には秘密だが。

いつもは夕方から未来の父親である海棠一磨が帰ってくるまで、湊は海棠家のシッターのバイトをしている。

だが、昨夜は泊まり仕事になると彼から相談を受けて、海棠家に一泊したのだ。

しかも今日は、学校の創立記念日でお休み。

登校のプレッシャーがないため、非常に気楽な朝である。その食卓でのプロポーズ。

しかし湊は、少しも慌てず。

「はい、結婚しようね。その前に、ちゃんとサラダ食べて」

「うん！　たべたら、けっこん、ちてくれる？」

「スープも飲んじゃおうか。今日はトマトとコーンの、クリームスープだよ」

「みっく、コーンだいちゅき！　おいちい！」

「やったぁ、また作るね」

「うん！　それでね、みっくと、けっこんちて！」

「はいはい。結婚、結婚。うーれしーなー」

この会話には、終わりがない。永遠に続くエンドレスである。

「あーん、みっくね、どおしても湊ちゃんと、けっこんしたいぃぃ」

「どうして急に、結婚なんて言い出したの？　保育園で流行《はや》っているのかな」

その言葉を聞いた未来は両手でテーブルの上を叩く。

気分はベートーヴェンの運命を弾《ひ》かんとする交響楽団のピアニストだ。

「だって、湊ちゃん、みりきてき、だもん！　だれかに、とられちゃったら、どおしようっ！

みっく、たえられないっ！」

「みりきてき？　あ、魅力的か。どこで覚えてきたの。どんどん語彙《ごい》が増えてるね」

ませたことを絶叫する未来は幼い頭で必死に考えて、そして捻《ひね》り出した結論は。

「ぱぱぁ」

幼児はパパの許へ、とたとた走った。万策尽きたので親に頼る。実に幼児らしい思考回路だ。

パパはなんでも、してくれる。

そのパパの海棠一磨は、昨日は徹夜で仕事を片づけて朝方になって帰宅した。一睡もしていない彼は、さすがに疲れた顔をしていた。

だが、子供はそんなこと、知っちゃいない。

彼はシャワーを浴びてから、シャツとジーンズという軽装に着替えていた。大きな窓の近くに置かれたソファに、横たわって新聞を読んでいる。

「ぱぱぁ、ぱぱぁ」

「どうした？　パパは徹夜仕事から帰ってきたばかりだよ。少し静かにしておくれ」

そう言われて、未来は慌てて自分の口を塞ぐ。

しかし塞いでいては自分の要求が言えないと気づき、パパの耳元に口を近づける。

「ぱぱ、みっく、湊ちゃんと、け、けっこんするの」

子供のヒソヒソ声がくすぐったかったらしく、海棠は肩を竦めた。

「結婚か。洋式のウェディングがいいね」

海棠は夢見る瞳で語り出した。湊は、眉間に皺を寄せて聞いている。

その瞳は、子供を守るお母さんと同じぐらい、鋭く凛々しい。

「ドレスで装った湊は、きっと堪らなく美しいよ。長い裾のドレスは真珠色。ヴェールはベルギー製の、質のいいアンティークを手配しよう。何重にも巻く真珠のネックレス、梔子《くちなし》のブーケ。……ああ、こんな美しい花嫁がいるだろうか」

海棠のドリームを超えた妄想は加速し過ぎていて、ちょっと怖い。父の発言がいかに歪んでいるか、ちっちゃ子みっくは気づいていない。

（ぼくがウェディングドレス……。海棠さん、疲れているのかな）

「みっく。ほんきなの。だからね、湊ちゃんが、みっくのもとから、はばたいていかないように、ぱぱからちゃんと、ゆって！」

「未来の許から羽ばたく……、詩的な表現だ。それで、なんの話だ？」

「みっくプロポーズしてるのに、湊ちゃんハイハイしか、ゆわないの。みっく、ふあんに、なっちゃうの！」

そう言って、ポロポロ大粒の涙を零した。三歳児の不安。そんな未来がかわいくて堪らなくなり、湊はぎゅうっと抱きしめた。

それから湊は、ちっちゃな手を握りしめた。

「未来ちゃんっ。ぼくは未来ちゃんと一緒だよ！　たとえお父さんにクビと言われても、いらないと言われても、三行半《みくだりはん》を突きつけられても！」

ひしっと抱きしめると、「きゃあっ」と喜ばれてしまった。

三行半。昔の離縁状のことだが、そもそも結婚もしていないから、三行半は出ない。湊はそう思ったが、面倒なので訂正はなしだ。

湊は肩を竦めて、テーブルの上を見た。未来の食事は、まだまだ残っている。

「未来ちゃん、もう保育園に行く時間だよ。早く食べて、お支度しなくちゃ」

そう言われて、ハタと時間に気づいたらしい未来は、玄米パンのサンドイッチの残りを急いで、もぐもぐ食べ始めた。

「しょうがないね。パパが車で送ってあげるよ」

父の言葉に目を輝かせた未来は、残っていたスープを一気飲みして、そして咽せる。

「うっく、うっく、けっほ、けっほ！」

「パパは逃げない。大丈夫、ゆっくり食べなさい」

小さな背中を擦《さす》って、海棠は笑った。

いつもは徒歩で行く保育園だったが、今日は大好きなパパと、大好きな車で行けるので興奮したのだ。男の子は、やっぱり車好き。

湊も笑いながら、出かける支度を整える。園服がある保育園なので、指定のスモッグを着せればいいから楽だ。

「ぼくでよかったら、未来ちゃんと一緒に保育園に行きますよ」

「いや、夕方のお迎えをしてくれているのだから、これ以上は」

「行きも帰りも変わりませんよ。海棠さん、疲れているでしょう？　おうちで寝ていてください。ぼく、本当に大丈夫ですから」

小さな声でそう言うと、海棠は「大丈夫」と言った。

「そんなに心配しなくても。そうだ。湊も一緒に車で保育園に行きませんか？」

「え？　父の見舞いは午後ですから、ぜんぜん大丈夫ですけど……」

「決まりだ。じゃあ、三人で出かけますよ」

□□□

三人は海棠の車に乗って、保育園に到着する。そして、ここでも騒動が勃発《ぼっぱつ》した。

大好きなパパと湊は帰るのに、未来ひとりが保育園に取り残される。三歳児にとって、天変地異にも等しい事態だった。

「ど、ど、どうちて、ぱぱと湊ちゃん、かえっちゃうの？　みっくは？　みっくは、おいてきぼり？　ひとり？　ねえ、ひとりで？」

保育園だから、当然である。

未来を囲む海棠、湊、そしてお出迎えしてくれた保育士の三人が、生あたたかい笑みを浮かべて、ベソをかく未来を見つめていた。

ここで、『我が子が泣いている、かわいそう、どうしよう』とオロオロするのは素人。保育が仕事の保育士と、子育て三年を誇る海棠は、このような場面は慣れっこだった。

「未来ちゃん！　パパはね、エターナルの呪いを解くために、湊ちゃんと一緒に黄泉《よみ》の国に行かなくてはいけないの！」

保育士は高らかにそう言うと、ビシッと天に向かって人差し指を向けた。

「エターナルの、のろい。じゃあ湊ちゃんは、プリンセス☆らみぃ、なの？」

保育士の言葉に、未来は瞳をキラキラさせた。

この展開に湊はついていけないが、海棠は落ち着いたものだった。

「……そう。湊とは仮の名。真実の名は、プリンセス☆らみぃだ！」

改めて言われて、未来は目に見えて衝撃を受けていた。

その脇を登園してきた子供たちが、タタタと走り抜ける。どの子も怪訝な顔で、海棠たちを見ていた。

「パパはプリンセスにかけられたエターナルの呪いを解かなければならない。そうしなければ、プリンセスは黄泉の国に堕《お》とされてしまう……っ」

園児たちに大人気のアニメ、『プリプリプリンセス☆ららみぃ』。

彼女は母のお腹にいる時にかけられたエターナルの呪いを解くために、魔法で魔物を倒し、解呪の宝玉を取り戻す――というストーリー展開だ。

ららみぃは寿《ことぶき》ららみという仮の名で、中学校に通う十四歳……という設定。

憧れの男子生徒に片思い中。クラブはバドミントン部。プリンセスなので変身の際には、魔法の杖も持つコテコテさだ。

未来ちゃんは魔法使いものが好き。

女の子向けの番組でも『魔法』ならなんでも好きなのだ。その時。

「私はプリンセスをお守りするために遣わされた、騎士ロドリゲス」

海棠がとつぜんのロドリゲス宣言。ららみぃを守る騎士。

湊は設定の多さに頭が痛くなってくる。

ロドリゲスとか、プリンセスとか、ららみぃとか。どんな国の話なんだろう。そんなことを思いながらも、騎士のようなポーズを決める海棠は、役者のように恰好がいい。

こんな局面なのに、湊は思わず見惚れていた。

「み、湊ちゃんっ！　エターナルの、のろい、だいじょうぶ？」

そんな魔術にかかっているなら、普通は大丈夫じゃないだろう。

ここで黙るわけにもいかないので、湊は胸元を押さえながら、苦し気に息を乱す。

「黙っていてゴメンね。ぼく、もうエターナルの呪いがかかっているんだ」

「湊ちゃんっ」

「魔物と戦えないものは、クリスタルに変えられてしまう。指先が硬くなっているのは、骨がクリスタルになっている証拠だよ」

「いやーっ。湊ちゃん、湊ちゃん、しなないで！」

「死なないよ。未来ちゃんのためにも、絶対に死なない。だからロドリゲスと一緒に、黄泉の国に行ってくる。大丈夫、夕方のお迎えにはちゃんと来るから」

「ほんとう？」

「うん。今日のお夕飯は米粉のお好み焼きだよ」

「わーい！」

湊は未来の額に、チュッとキスをした。とたんに顔を真っ赤にして、エヘへと笑う。本当にもう、かわいいのだ。

「じゃあ、よみのくに、がんばってね！」

そう言って手を振ってくれる未来に、夕方のお迎えを約束して別れた。未来は保育士さんに肩を抱かれるようにして、園の中に入って行く。

海棠の車に乗ると、二人はしばらく無言だった。だが。

「プリンセス☆ららみぃ……」

どちらからともなく、ボソッと言葉が洩れた。

「なんですか、エターナルの呪いって」

「それよりも夕方、園にお迎えには来るって、世界観が台無しですよ」

「ぼくはロドリゲスで腰が抜けそうでした」

「プリンセスをお救いするためです。仕方がないでしょう」

そこまで言い合ったあと、二人は顔を見合わせ吹き出し、次には爆笑する。

「さて、ひとしきり笑ったところで、朝食にしませんか」

「あ、そうですね。パンを買って帰ってもいいですか？」

「食事の支度をしなくてもいい部屋に、ご案内します」

「え？」

どこへ行くのかと思っていると、彼が運転する車は意外な場所で停車した。

それは海棠がオーナーを務める、あのホテルだった。

□□□

「いらっしゃいませ」

フロントではホテリエが、いつものように応対してくれる。

だが、決して海棠に向かって「オーナー」と言うこともなかったし、海棠も特に何も言わずに部屋の鍵を預かった。

二人でエレベーターに乗ると、ようやく湊が口を開いた。

「ドキドキしました」

「ドキドキ？　どうしてですか」

「何か、悪いことをしているみたいな気がして。ホテルって午前中でも、チェックインできるんですね。知らなかった」

「いいえ。当ホテルも、通常のチェックインは十五時からです」

そう言うと海棠は、手に持っていた鍵を湊の前に差し出した。

「この部屋は私の部屋なんですよ」

「海棠さんの？」

「オーナーの特権ですね。開業以来オーナーと、その連れだけが使うことができます。でも、この部屋に誰かを入れるのは、私の代になってからは初めてです」

「梨絵さんも入ったことはないんですか？」

海棠の妻だった女性の名を出してしまった。だが、海棠は気を悪くした様子もない。

「彼女は、こんな部屋があることさえ知りません」

その一言に湊の胸が大きく弾む。海棠の代になってから初めて。梨絵も知らない部屋。

案内されたのは、最上階の一番奥。予想していたより、ずっと小さい。なんだか隠れ家のような、ウキウキした気分になってくる、そんな場所だった。

「かわいい部屋ですね」

「でしょう。自宅の部屋を褒められるより、この部屋を褒められるほうが嬉しい」

柔らかい緑の壁紙に、深緑色の分厚いカーテン。室内の家具はアンティーク。中央に配されたレース模様のような柄で焼かれた、大きな白い花瓶。

その華奢な花瓶には、薄紅色、鴇《とき》色、狂おしいほどの真朱《まそほ》色の薔薇が生けられて、競うように咲き誇っていた。

「すごい花……」

「この部屋の花は、欠かしたことがありません。……そういえば、最初に湊と会った時も、花がありましたね。私たちは、花に縁があるみたいです」

そういえば、あの時オーキッドシンポジウムがなかったら、海棠と再会することはできなかった。そのうち記憶から薄れて、いつしか消えてしまったのか。

そう考えて、怖くなってくる。傍にいた海棠に寄りそうと、彼の服の裾を掴んだ。

「どうしましたか？」

「なんか、――――怖くなって。運命って、あるかもしれないなぁって」

「運命？」

「父の病気とか、オーキッドシンポジウムとかがあったから、海棠さんに逢えたんだって」

そう囁くと、ふっと唇が塞がれた。

思わず目を伏せると、さらに深くくちづけられる。脚がよろけそうになると、力強い手が腰を支えてくれていた。

何度も角度を変えてくちづける唇は、まるで飢えているみたいだ。

「ん、んん……っ」

息が止まりそうだ。立っていられない。苦しい。苦しい。

いつの間にか彼の胸を押し返すようにして、手を突っ張っていた。小さく笑う気配がして、海棠が身体を離す。

「キスはイヤでしたか?」

その問いに、首を振って違うと答える。イヤじゃない。

「さっき、未来に『たとえお父さんにクビと言われても、いらないと言われても、三行半を突きつけられても』と言っていたでしょう。私が湊を捨てる前提で言っていましたね。私が三行半を突きつける事態よりも、あなたが自分から出て行ってしまうこと、それが心配だ」

「あれは、たとえ話で……」

「もちろん承知しています。でも、私はショックでした」

海棠はそう言うと、湊の細い身体を強く抱きしめた。

「海棠さん……」

「あなたは、男がわかっていない。男は愛する人を慈しむ。棄《す》てる対象にはしません」

また近づいて、塞がれる唇。触れてくる舌先。震える身体。抱きしめる腕。

何もかもが、官能に満ちている。

「湊、あなたが欲しい。——欲しいです。今、すぐに」

その熱い囁きを拒むことはできない。ただ、ずるずると流されて蕩けて溶けて。

「……はい」

たぶん何もわからなくなって、それが気持ちよくて。

自分は、きっと怪物になる。愛だけを追う、そんな浅ましい生き物に。

もしも、そんなふうになったら、海棠はまだ自分のことを好きでいてくれるだろうか。嫌われてしまうだろうか。

それでも。自分はずっと彼が好き。——あいしている。

□□□

「あぁぁ、あぁ……」

広いベッドの上で、湊は海棠の大きな身体を抱きしめて、その性器を受け入れていた。

今まで一度たりとも、同性と抱き合うことなんて考えたこともなかった。でも海棠の身体は、湊に快感を与えてくる。

揺さぶられ突き上げられると、湊は、はしたないぐらい甘い声を上げていた。

(どうしちゃったんだろう。ぼく、どうしちゃったんだろう)

学校では引っ込み思案。

友達はけして多くなく、ひとりが苦にならない。

どこにでもいる、目立たない学生。それが自分という人間だったのに。

今は男の身体に縋って、深く貫かれ、甘ったるい声を唇から零している。

「湊、ああ、どうしてこんなに深く受け入れてくれるんだ。蕩けてしまいそうだ」

海棠はそう甘くささやくと、湊を深々と貫いた。湊の性器から透明な体液が噴き出す。

いつも紳士的で礼儀正しい海棠が、こんなにも情熱的だなんて、誰が知るだろう。

卑猥な体位を好まない湊を気づかって、繋がる時は圧倒的に正常位が多い。でも、その体位が、湊をいやらしく乱れさせた。

(いやらしい。すごい。気持ちいい。ぞくぞくする)

「湊、かわいい。私を締めつけて、ぐねぐね動いている。最高だ」

「いや、いや、言わないで……」

「どうして。すごくいい。こんなかわいい人を抱けるなんて、幸せだ」

「やだ、やだぁ……っ」

自分を感じさせるために、わざと淫らな言葉を使う海棠が、すごく好き。好きだ。いやらしい姿を見るたびに、湊の欲望が刺激される。

海棠が自分を好きでいてくれる奇跡。

「海棠さん、すき……っ」

「湊……！」

激しく突き上げられて、湊の中がぐりぐり刺激される。いやらしい水音と肉を打つ音。それらを聞いていると、射精を掻き立てられる。

「あ────っ」

挿入されていた海棠の性器を、ぎゅうっと締めつけてしまった。

すると刺激された海棠が、堪らず熱い迸《ほとばし》りを放出する。

身体の奥深くに射精されて、湊は気が遠くなる。

「ああ……、ああ……、海棠さ、熱い、の……」

掠れた声でそう言うと、強い力で身体を抱き込まれ、唇を塞がれる。

しばらく息を荒くしている海棠を、湊は両手で抱きしめて、何度も耳殻にくちづける。

汗で濡れた肌や髪が、とても艶《なま》めかしい。

何度も抱きしめあって、キスをした。

こんな幸福がこの世にあるなんて、知らなかった。

まだ身体中が熱いし、息もはぁはぁしているけれど、これだけは言いたい。

「海棠さん。さっきの話ですけど」

「さっきの話？」

「ぼくが出て行くのか心配だって、言っていたでしょう？」

その言葉に、海棠は苦笑いを浮かべている。どうやら、気恥ずかしいらしい。

その彼の肩に額を置いて、そっと寄り添った。

「ぼくから出ていくことは、ありません。未来ちゃんは天使だし、……一磨さんのこと好きだから、出ていくわけないです」

一磨と呼ばれたことに、海棠は少しだけ反応した。

湊の手を、そっと握りしめて自らの唇に寄せ、ちゅっとくちづけたのだ。

「愛しています」

その囁きは、湊の身体をぞくぞくと震わせる。身体を繋げていた時以上の、ものすごい幸福感が頭になだれ込んでくる。

「ぼくも……」

「ぼくも？」

意地悪な聞き返し。そこまで言われて観念する。

なんだかドキドキしているよ。

どうしてドキドキするのかな。

恥ずかしい遊び歌が、またしても頭の中をグルグルする。

「好き。だいすき……っ」

抱き合って、何度もキスをして、幸福な気持ちで額をくっつけあう。

□□□

「やっぱり、湊のウェディングドレスを手配しましょう」

幸福感に酔いしれていた湊は、変なことを言われて顔を上げる。

「え？」

「いえ。やはりウェディングドレス姿の湊を見たいと思って。結婚式はどこでしましょうか。北欧もすてきですね。もちろん、湊の希望が第一ですけど」

「……おかしいでしょう。なんでぼくが、ドレスを着るんですか」

「一生に一度のことですから、美しく装うのは大切なことですよ」

「意味がわかりません」

「あ、未来も式に参加させましょうか。ダブルウェディングです。未来と湊のウェディングドレスは、最高にかわいいと思いますが、どうですか」
あまりの錯乱ぶりに、言葉がない。それでも。
なんだかドキドキしているよ。
どうしてドキドキするのかな。
いつまでも、このドキドキが続きますように。
そっと静かに、湊は祈った。

end

あとがき

弓月です。このたびは本書をお手にとっていただき、ありがとうございました。

今作は、明神 翼先生にイラストをお願いすることが叶いました！　盆と正月がいっぺんに来たみたいです。欲望がダダ洩れで申し訳ありません。

繊細な湊と、華麗で細マッチョで凛々しくも優しい海棠さん。そして、ちびっこの星みっくこと未来たん三歳！　この話は、明神先生にイラストをお願いできると決まっていたから書けました。

画面から飛び出してきそうなキャラたち！　イメージ通りの超イラストの数々に感激です。私は三国一の幸せ者だなぁ。

明神先生、ありがとうございました！

担当さま、初めてお仕事をさせていただくようになってから、十年を超えました。十年ってすごいですね。十年越しの友人が数えるほどしかいない私が奇跡です。

十年以上の間、生意気を言ったり凹んでみたり絡んだりと無駄に扱いづらい私を見捨てず、お付き合いくださってありがとうございます。

巻末のSSも、自由に書かせていただきました。

でも自分が「プリンセス☆らいみぃ」を書けるとは思えませんでした（笑）。ものすごく楽しかったです。


編集部の皆さま。営業の皆さま。製造、販売店の皆さま。そんな皆さまがたのお陰で、今日も書店さまに本が並び、読者さまのお手元に本が届きます。いつもお仕事お疲れ様です。今回もたくさんのご尽力いただき感謝です。ありがとうございました。


そして読者の皆さま。今作がダリア文庫さま九冊目。次はいよいよ十冊めです！

とはいえ本書の売れ行き次第で十冊目が儚く消えるかもしれないので（やめろ）どうぞ応援よろしくお願いします。

リクエストとかご感想のお手紙などが、私の寿命を延ばします。本気ですよガチですよマジでマジで（本当にやめろ）

気楽に読めるハッピーエンド物語が長年のテーマですが、今までのダリア文庫を顧みると、無理心中で始まるとか放火とか子殺しとか、「……気楽に読める話がない」と自分で突っ込む始末です。

それでも読んでいて楽しいとか気持ちが温かくなるとか、そんな本が私の主題。ハードルが高いのは承知しておりますが、頑張りたいです。

私は要領が悪いので、会社勤めをしていた時は落ち込むことの連続でした。帰宅しても気持ちが休まらず、唯一の安らぎは会社帰りに立ち寄る本屋さん。今ほどＢＬに市民権がなかった頃なので、こっそり購入するわけです。

でも、そのＢＬが最大の楽しみで、最上の癒しでした。

しんどい時こそＢＬ。その気持ちは今でも変わっていません。

幸運にも書く側に回らせていただいたので、今度は最高のニヤニヤをご提供できるよう、頑張りますね！


それでは、またお逢いできることを心より祈りつつ。

弓月あや　拝

こんにちは。明神翼です☆
「花ひらり恋ふわり」、キュンがたっぷりつまった可愛い素敵なお話で、とっても楽しんで描かせていただきました✿
みっくちゃん激カワないい子でメロメロですぅ♡♡ 攻め様もめちゃ甘～い♥ 湊もいい
弓月あや先生、萌えとキュンがテンコ盛りのふわっふわな可愛いお話をどうもありがとうございました――！
みょうじんつばさ☆

初出一覧

花ひらり恋ふわり ～天使がくれた恋のお話～ …… 書き下ろし
愛が、とろりとなりまして …………………………… 書き下ろし
あとがき ………………………………………………………… 書き下ろし

ダリア文庫をお買い上げいただきましてありがとうございます。
この本を読んでのご意見・ご感想・ファンレターをお待ちしております。

〒170-0013 東京都豊島区東池袋3-22-17　東池袋セントラルプレイス5F
(株)フロンティアワークス　ダリア編集部
感想係、または「弓月あや先生」「明神 翼先生」係

この本のアンケートはコチラ!
http://www.fwinc.jp/daria/enq/
※アクセスの際にはパケット通信料が発生致します。

花ひらり恋ふわり ～天使がくれた恋のお話～

2019年4月20日　第一刷発行

著　者
弓月あや

発行者
辻 政英

発行所
株式会社フロンティアワークス
〒170-0013 東京都豊島区東池袋3-22-17
東池袋セントラルプレイス5F
営業　TEL 03-5957-1030
編集　TEL 03-5957-1044
http://www.fwinc.jp/daria/

印刷所
中央精版印刷株式会社